◆◆ 中国文学名家小小说精选丛书

西瓜熟了

孙全鹏　著

江西高校出版社

JIANGXI UNIVERSITIES AND COLLEGES PRESS

南　昌

图书在版编目（CIP）数据

西瓜熟了 / 孙全鹏著 . -- 南昌 : 江西高校出版社，
2025.6. -- (中国文学名家小小说精选丛书). -- ISBN
978-7-5762-5593-5

Ⅰ . I247.82

中国国家版本馆 CIP 数据核字第 2024US3277 号

责 任 编 辑　潘瑜华
装 帧 设 计　夏梓郡

出 版 发 行　江西高校出版社
社　　　址　江西省南昌市新建区工业二路 508 号
邮 政 编 码　330100
总 编 室 电 话　0791-88504319
销 售 电 话　0791-88505090
网　　　址　www.juacp.com
印　　　刷　鸿鹄（唐山）印务有限公司
经　　　销　全国新华书店
开　　　本　650 mm×920 mm　1/16
印　　　张　13
字　　　数　160 千字
版　　　次　2025 年 6 月第 1 版
印　　　次　2025 年 6 月第 1 次印刷
书　　　号　ISBN 978-7-5762-5593-5
定　　　价　58.00 元

赣版权登字 -07-2024-968

CONTENTS
目　录

西瓜熟了

◀ 西瓜熟了

我家种的西瓜熟了，一个个滚圆滚圆的，非常惹人喜爱，爸爸说今年一定是个丰收年。

那几天，妈妈可忙坏了，天天没事就去地里数西瓜，她心里盘算着等卖了西瓜，一定要给我添件新衣服。有一天，妈妈回来就对爸爸说："靠河边的地方少了一个西瓜，瓜地里肯定进小偷了，今晚你去看瓜吧，一定要抓住偷瓜贼。"下午，爸爸就开始忙活起来，在瓜地里搭了个"人"字形棚子，我也吵着跟着爸爸去看瓜，想看看到底怎么回事。

夜里的西瓜地一片安静，微风吹过，送来丝丝凉意，将军寺沟的河水像玉带一样绕着西瓜地。我躺在瓜棚里，不知道什么时候，迷糊地睡着了。

到了半夜，爸爸要起床，我被吵醒了。我问爸爸怎么回事，爸爸说："河边有动静，我去看看。"我也想一看究竟，赶紧从床上爬起来，也吵着跟着一起去。

爸爸把电灯打开，灯光一遍遍地掠过西瓜地，可是什么都没有发现。突然，沟边的树影下出现了一个蓬头垢面的妇女，40多岁的样子，怀里抱着一个西瓜，灯光下她低着头，默默不语，看样子吓坏了。

"爸，小偷，小偷。"我大声地喊叫着，声音有点激动，生怕爸爸没有发现。

这时，爸爸却把电灯关了，静静地对我说："孩子，咱们赶紧回去吧。"

我对爸爸说："爸爸，我看见了，是村西头的疯子，咱们去抓住她。"

"别说了，别说了，孩子，赶紧回去。"爸爸厉声说。

我不解地跟在爸爸的屁股后面，满脸不悦地回到了瓜棚里。那一夜，我翻来覆去，没怎么睡好，天上的星空一直闪来闪去。

天亮的时候，妈妈给我们送饭，趁我们吃饭的空，她又开始数起西瓜来，她问爸爸："西瓜怎么又少了一个呢？你们还没有发现是谁偷的吗？"

爸爸吧嗒吧嗒地吸着旱烟，沉默了好长时间都不说话。我看爸爸没说话，赶紧对妈妈说："妈，我看见了，是咱村西头的疯子。"

"咦？是老邢？咋是她？"妈妈很是吃惊。

"是啊，怎么是她呢？"爸爸放下旱烟也附和着说，"前几天老邢来问我西瓜怎么卖，她说她家的孩子想吃，我告诉她说用麦子换的话是斤对斤，她嫌有点贵就走了。我本来想给她一个，让她带回家，她却执意不要，可是，没想到她竟然夜里偷……"

我问妈妈："为什么大家都喊她疯子？"

"你老邢婶以前其实并不疯，她可有本事了。有一年，将军寺沟的河水疯长，到了夏天很多人在河里游泳，她的丈夫为了救一个落水的孩子被淹死了，留下了不满1岁的孩子，后来她就说话做事不正常了。不过，她对孩子特别好，家里养了几只老母鸡，自己也舍不得吃鸡蛋，都让自己的孩子吃。"

晚上，爸爸和妈妈摘了两个最大的西瓜，趁着夜色来到了老邢家门口，悄悄地放在那里。爸爸对妈妈说："西瓜地不用去看了，以后不会有人去偷。"

"是啊，西瓜谁会去偷呢？"妈妈也跟着说。

第二天，爸爸妈妈起床打开门一看，门口放着一篮子鸡蛋，足足有二三十个，在朝霞下泛着金光。

◀ 大公鸡与花母鸡

天快黑的时候，将军寺村却传来了一下子丢两只鸡的消息：一只是村长家的大公鸡，一只是张大娘家的花母鸡。整个村子都沸腾了，谁会这么没出息，去偷鸡呢？

住在村东头的老孙被父亲又骂了一通，最后他不得不揣起二百元向村长家走去。老孙其实并不老，才三十岁，但多年来养鱼使他看起来老了许多。一路上，老孙心里憋得慌，又想起了父亲的话。

"你就说咱家的狗吃了村长家的鸡！"爹坚定地说。

"这……什么时候的事啊？"老孙不明白爹为什么这么说。

"你没有听见村长家的大公鸡丢了吗？你不知道咱承包的鱼塘合同马上要到期了？这可是个机会。"爹说。

"这……这个嘛……"老孙有点不愿意。

"拿上这二百块钱，快去，提前活动活动。"爹生气地说，又推了一下老孙。

老孙不愿意以"赔礼"的方式给村长送礼，还要说自家的狗吃了他家的大公鸡。其实，他也知道，现在有好几家都看上了这个池塘，都说里面利润大得很。

　　往村里走的时候，张大娘正从对面急慌慌地走来，见到老孙就问："我家的花母鸡丢了，你看见了吗？"

　　老孙摇头，张大娘唉了一声快步离去。张大娘一个人过，快七十岁的人了，家里这只母鸡，是她的伴儿。花母鸡几乎每天下一个蛋，张大娘把它当个宝儿。老孙觉得，张大娘的眼神，太像奶奶当年的眼神。那年奶奶丢失了大黄狗，一家人都去找，最后还是没找到，奶奶为这事得了一场大病。老孙想着，为张大娘难受，可又有什么办法呢。

　　天黑透了，村子很静，不时传来一两声狗叫声，将军寺河的水静静流淌着，好像睡着了。快到村长家时，老孙看见有人抱着一个大公鸡往村长家里去。定睛一看，那个人是村西头的小林，也是村长家未来的女婿，听说他也想承包鱼塘，是他强有力的竞争对手。

　　"你这家伙，你来村长家干什么？"小林开口就质问。

　　老孙感到很窘，把手从裤兜里拔出来，又插进去。突然，他想出了一个办法，就反问小林："你来干什么？你怎么抱着一只大公鸡啊？"

　　"你看，我找到了村长家的大公鸡。"说着，他一阵哈哈笑。

　　老孙觉得，自己像是被人扒光了衣服一样，支支吾吾地说："我有事路过……"还没有说完便慌张地走了。由于走得快，他差点和迎面走来的人撞个满怀。抬头一看，是老沉叔，老沉手里掂着一只大公鸡。这些年，老沉叔在外出做生意，有点钱，听说也想承包鱼塘。

"我找到了大公鸡，来给村长送鸡呢。"老沉叔满是悠闲说。

"找到了大公鸡？真的吗？"老孙摇摇头，苦笑了一下，转身走了。

张大娘焦急的眼神在老孙眼前晃，老孙朝张大娘家走去。大娘屋里的灯还亮着，老孙轻轻敲门，大娘立刻把门打开。老孙马上说："大娘，你家的花母鸡被我家的狗吃了，这是钱……"说着，把二百块钱塞到大娘手里，转身离开。

大娘愣了一会，追了上来，喘着粗气说："不要紧，狗吃了就吃了吧……你把钱都拿回去吧，我还可以再养一只。"

张大娘怎么也不要钱，老孙心里更难受了。他想起每次给张大娘送鱼时，大娘都要把花母鸡下的蛋给老孙拿几个。老孙说："大娘，你就拿着吧，是我家狗惹的事，就该这样。"说着，把钱硬塞进大娘手里。

第二天一大早，老孙就听见有人敲门，打开门，门口站着村长和张大娘。

"傻孩子，我家的花母鸡找到了，这是你的钱……你这孩子，怎么说花母鸡是你家的狗吃的啊？刚才村长把我家的花母鸡送回来了，大公鸡和花母鸡都在村边的破庙里，不信你问村长。你的心意我领了，给，这是你的钱……"说着，她一把把钱塞进老孙的手里。

村长吐了一口烟，不紧不慢地说："是啊，我做证。你可和别人不一样，那些人净想歪主意给我送公鸡，为的是承包今年的鱼塘。我觉得，这鱼塘还得你承包，已经投进去了钱，我估摸着，本钱还没收回吧！"

老孙怔在了那里不知说什么好，只是嘿嘿嘿的笑。父亲赶紧说："笑啥笑，还不快给村长表个态。"

不等老孙说，张大娘大声说："我看村长做得对，这孩子心善，心正，不动歪心眼，不像有些人。"

老孙听了，不好意思，脸都红了，又是一阵嘿嘿嘿地笑。

◀ 秋奶奶与张阿婆

雨，整整下了两天两夜，没有要停的意思。水像泄了闸的河一样，弥漫了整个将军寺村。

秋奶奶刚做好午饭，顾不上吃，急得团团转。儿媳妇快生了，可村子里唯一的道路却淹没在水中，这可咋办呢？秋奶奶看着窗外的大雨，急得满头大汗，忍不住大骂："这鬼天气，啥时能停啊？"一声声炸雷又在天空响起，秋奶奶抓着头上稀稀拉拉的白发，她不住地叹气。

村子离乡卫生院有十几里远，家里除了儿媳妇就剩下秋奶奶一个人，加上下这么大的雨，就没法送儿媳妇去卫生院了。这时，她想起了村西头的张阿婆。以前，家家都穷，没钱去医院，方圆几里的人都找张阿婆接生，她接生已有三十多年了，手头也高，自从闺女前几年从医学院毕业，分在乡卫生院工作后，张阿婆就在家休息了。说起原因，一是有人说张阿婆接生不正规，都是传统医术；二是她年龄大了，女儿也能挣钱了，家里不缺少那个钱。

秋奶奶想到这里，就披了个破衣服向村西头走去，刚走出门没两步，她又退回来了。不是因为雨大，是因为半个月前她与张阿婆吵了一架，下这么大的雨，张阿婆会来吗？她有点犹豫，不知道到底去还是不去。

屋子里传来儿媳妇的呻吟，那声音一阵一阵的，秋奶奶心里像针扎一样疼，难受极了。秋奶奶咳嗽了几声，为了儿媳妇，为了去世的儿子，舍出这张老脸了，她冲进了雨幕，不顾大雨一直往身上下。秋奶奶走在路上，头发湿了，贴在了眼睛上，她赶紧用手拨到了一边，深一脚浅一脚地向前走，泥泞的路上全是一个个水坑。她摔倒了，赶快爬起来，也顾不得重新披上旧衣服，怕耽误时间，继续向前走，好不容易到了村西头张阿婆家。秋奶奶都湿透了，水一股一股地向下流，可是她没有时间管这些。她看张阿婆家的门开着，就一边喊着："老嫂子，老嫂子，你在家吗？"她一边向屋子里走。

可是，屋子里没人回答。一碗面条在桌子上放着，上面还冒着热气，可人去哪了呢？这下可怎么办。

秋奶奶想，这个张阿婆平时就小心眼儿，也爱记仇，看来上次为地边和她吵架的事，她还怀恨在心，不想见自己。秋奶奶又大声地喊了几声："老嫂子，求你了！俺儿媳妇要生了，你就帮帮俺吧。老嫂子，俺儿子死了，就靠这个孩子传后了……"说着，秋奶奶止不住呜呜地大哭起来。

院子里，大雨还在哗哗地下着。

半天，也没有张阿婆的回音。秋奶奶确信张阿婆恨她，肯定铁了心不想见她，更别说帮儿媳妇接生，要不然怎么不吭声呢？她只好拖着沉重的脚步往回走，还忍不住地回头看。

轰隆隆的雷声还在响着，她全身都湿透了，雨水顺着她的身子向下流，她什么也不顾，心里冰凉冰凉的。唉！真是苦命呀！

不知什么时候，秋奶奶总算回到家门口，儿媳妇的呻吟声越来越大，她想着以后再也见不到儿媳妇了，都是自己害死了儿媳妇啊！不禁大哭起来："媳妇，娘对不住你啊！儿啊……儿啊！这可咋办啊？你在地下，别恨娘，娘没有给您留住后啊！"秋奶奶哭了。

突然，一阵婴儿的哭声传来，秋奶奶的心不禁一颤，连忙加快脚步向屋内跑去。

屋子里，张阿婆的闺女穿着白大褂还在忙碌着，额头上满是汗珠，张阿婆在旁边站着，手里抱着裹着被单的新生儿。"恭喜你啊，得了个大胖小子。"张阿婆笑了。秋奶奶愣住了："我去你家找你，你不在家啊？你咋来了？"

"闺女说你儿媳妇的预产期就在今天，没见她去卫生院。你看，天又下了这么大的雨。你一个人也不方便，闺女就喊上我来你家了，没想到来得正巧啊。"张阿婆擦了擦汗，脸上露出一丝疲倦。

"多亏你们了……上次地边的事，唉……我真有点……"秋奶奶有一肚子话要说，可是却说不出来，她哭了。

"都过去的事了，你咋还记着哩？来，赶快抱抱你孙子吧，有七八斤重呢。"张阿婆说着，两手托着婴儿，递到秋奶奶手里，那分明一个希望。

　　窗外，雨停了，太阳出来了，金色的阳光洒在村子上空，将军寺村亮堂堂的。

西
瓜
熟
了

◀ 生日礼物

　　明天是张先生 70 岁的生日。张先生不喜欢过生日。来美国这些年，每一次过生日都感觉自己又老了一岁，他想在有生之年回一趟家，回到将军寺沟，再看看那条流动的河。可是，他日夜思念的那条河如今却像一把尖刀，深深涌入他的内心。张先生感到刀割一般难受。

　　夜深了，张先生捂着疼痛的心，慢慢地抚平，他一个人静静地待在屋子，抬起头，又看着墙上那张泛白的照片。他想起叔叔拍摄照片的情景，那时他二十岁，很青涩的样子，照片上还有他的父亲和母亲，身后就是他日夜思念的静静流水的将军寺沟，那里水一直在流，从家一直流到他的心里。

　　也就是从那时候起，张先生的叔叔带他离开了家乡来到了美国。三四十岁时，他讨厌自己家乡，嫌弃家乡丑陋，从没有想过家，家乡没有高楼，没有汽车，那里一下大雨满是泥泞的路。美国的世界让他着迷，他喜欢这里的钢筋水泥，喜欢这里的汽车，喜欢那里的花花世界和灯红酒绿。在美国，他找了个地道的美国老婆露易丝，还是个白人，金发碧眼，漂亮着呢。他想带他回家让母亲看看媳妇，可是来美国都快五十年了，一直都没有回成家，这慢慢成了他心中的遗憾。

随着年龄增长，他发现尽管太太是美国人，连儿子都是白皮肤，女儿也是金发碧眼，自己的思想、言语和生活方式都在美国化，他却总感觉离美国的生活太遥远，心里总少点什么，感到很孤独。五十岁时，他开始想家；六十岁时，他越来越想家，有时候心痛得厉害，他担心他害了病。明天就要七十岁了，他开始想起家乡将军寺了，想家乡的人，家乡的河，家乡的水，想家乡的草。

半夜了，张先生躺在床上怎么也睡不着。一轮明月挂在天空，透过窗子，月色轻柔地洒在他的身上。都说外国的月亮圆，可是他总感觉家乡的月亮最圆，将军寺村的月亮最圆，最亮，哪里也比不过。父亲母亲不知是否还在？将军寺沟是不是也月下无眠呢？

睡不着，干脆看会儿电视。张先生打开电视，他看到儿子乔治出现在电视上。儿子总是喜欢发明和研究一些古怪的东西，最近又迷上了编程记忆之类的东西。电视里，儿子乔治被介绍成一名博士专家，能把各种物体编成程序，植入大脑后人可完全适应新事物，而以前的记忆马上消失，各种精神的困扰不再出现。广告还出示了治愈精神病和心理疾病的照片，说这种疗法很成功，目前已经成功申请了专利，在各国都得到临床推广和应用。张先生笑了，心想谁会这么傻，如果记忆换了，那么还是原来的人吗？

为什么不保持本来的面目呢？他明天要告诉儿子让他改行，这种治疗方法没前途，迟早要饿死。

第二天是他生日，他起了个大早，感觉精神还不错，想与儿子谈些什么。他看见儿子开着一辆车，里面还有他的太太和女儿，早在楼下等他了。

儿子说话了，问他："最近头疼的原因是不是想家了？"

张先生心想，这孩子终究还知道自己是漂泊在外。他还以为在海外这多年早不懂得思乡之痛了呢？原来他一直误解了儿子。

儿子说："父亲我带你去一个地方，以后不会有如此大的烦恼。"母亲和妹妹也都赞成，这是我们三个送您的生日礼物。

张先生很吃惊，他说："这是什么意思？生日礼物能治疗我的思乡病，有这么神奇？难道让我回国？"

车子飞快，转眼到了儿子工作的医院，他被安放在一个手术室中。

儿子说："千万不能动头上的线和管子，否则一旦数据错误，将有生命危险，产生自燃。不过，爸爸，您不用紧张，手术我一定能做成功。"

儿子和助手们开始忙碌起来，他们把一张张美国的高楼和生活习惯等图片进行扫描，开始进入编制的电脑程序中，电脑里传来一声声刺耳的声音。张先生头上插满了线和管子，他发现他竟然逐渐地喜欢眼前和身边的一切。

张先生以前的记忆变得模糊，内心的河流慢慢不见了，那条将军寺沟也渐渐在远离，他内心猛地一惊，骂了一句，这该死的生日礼物。他一把拉下了线和管子……

儿子呆住了，不一会儿，传来了手术室外张先生妻子和女儿的哭喊声。

一年后，坐在轮椅上的张先生在家人的陪同下，终于回到了他朝思暮想的家乡，那条无数次在他梦中流淌的将军寺河，终于清晰地呈现在眼前。这天是他71岁生日，他想，这才是他真正想要的，最好的生日礼物。

◀ 深夜来客

今天是七月初九，零星的月光透过窗户照进屋里，像一层温柔朦胧的纱，轻轻地抚摸着我。我在刚装修好的房子里，激动得怎么也睡不着了，房子我才花费十万元，虽然这比起邻居张经理来说差得太多了，对楼的张经理可花费了将近二十万元，可我仍然很满意，毕竟是新房子，有了独属于自己的生活空间。

我打量着新房间，抚摸着洁白的墙壁，穿着拖鞋，踩在光亮的地板砖上，拉开了阳台上的窗纱，夜风凉爽，月光迷人。于是，倒了一杯茶，一个人索性躺在阳台的躺椅上，我看到茶杯中浮现出了一个月牙，那是美丽的，温柔的，甜蜜的。

小区内，千灯万灯，五颜六色，点缀着夜的璀璨，我很喜欢小区的设施。楼下有一个女人在不停地走来走去，还不住地抬头向上看，这也是一个未眠人。对面的张经理家亮着灯，水晶灯照在宽阔的房间里，金碧辉煌。真是钱花在哪里哪好啊！我心疼钱，但现在房子弄好后，心里再也不想钱了。

不知什么时候，我躺在躺椅子上睡着了，半夜了，一阵咚咚的声音从楼梯传来，在我的房门前停住了。这是谁呢？我马上倦意全无，心猛地一紧张，下意识去开灯，灯却没亮。

　　这么说，家里的线路又出现问题了。"妈的，该死！"我忍不住骂了一声。改水电花了将近一万元，水电师傅说用的都是最好的材料，线都是四方的，怎么现在没电了呢？我慌忙捂住了嘴。小区还没有多少人入住，万一小偷闯进来怎么办？我看了一下手机，凌晨一点半。

　　脚步在移动，听声音这人要下楼，我心平静了一下。不过没多久，又传过来了上楼声，依然在我家门前停住。我看了一下手机，凌晨两点半。我准备报警。

　　"你怎么不接我？快开门……"一个女子的声音传来，声音很小。

　　我马上过电影似的识别女子的声音，也没有想出来这是谁。我心想应该不认识这个女人吧，便没吭声，心里倒有点害怕。

　　"老张，你好绝，你让我等那么久……那你让我来这干吗？还说要接我，你没有良心，老张，你骗了我。"女人说话断断续续，没有要停下来的意思。

　　原来是相好的一对，女人被放鸽子了，我有点搞明白了。其实，我最讨厌这种人，心里诅咒起来。

　　"我知道你在里面，你不敢开门啊？里面肯定有野女人。别人当初这样说你，我还不信，不过现在我信了……真不是男人，有种做怎么没胆子承认啊？我们明天就离婚，我的命怎么那么苦啊？……"女人开始哭泣，心中有好多委屈。

我不禁同情这个陌生的女人了，也开始辱骂这个负心的丈夫，咋会有这样的人？

"你个该死的，你不理我，是吧？你看见我在楼下也不让我上楼，你就在那里悠闲地喝茶吧，呛死你。我一个人在家操碎了心，把孩子养大，又照顾好婆婆，两年了，家里你管过多少？你真没良心……"女人呜呜起来，声音划破了黑夜的宁静。

我敢确定，这个女人肯定弄错了。真的，我真不认识她。

"好，你个没心没肺的，你现在都懒得搭理我了，那你还让我来干什么？……刚才你骂我该死，我就死给你看。"女人不哭了，声音很坚定。

我想我要开门告诉她真相了，要不然就要闹人命了。我到卧室里找来一件外套披在身上，简单地收拾了一下房间，然后才小心翼翼地把门打开。当时，我还自作多情地设想见到女子时该用哪种口气和表情？是否邀请她到我家里坐坐？用什么茶招待？想着，我打开了门。

可是，楼道里却黑漆漆一片，空无一人，我没有发现女人的身影，仿佛刚才的一切都是一场梦。那女人呢？跑哪里去了？我找了半天也没有找到。

经过一夜的折腾，我感到很困，第二天也起得很晚，快九点了我才下楼吃早餐。我看见快嘴李大婶和邻居们在楼下聊天。

"你听说了吗？1号楼的张经理，他媳妇夜里跳楼了。"

"那个老张真有本事，一个字都不认识却在城里买了房，还花几十万刚装修好房子。不过，这么多年他一个人在外面做装修也不容易，他成立了一个装修公司也操心啊。"又一个邻居说。

"听说，张经理一直在等老家的媳妇过来住啊？"

"是啊。不知道怎么回事，昨晚张经理与他的装修师傅喝酒，却忘记去接媳妇，有人看见他媳妇在小区里等了半夜，最后竟然想不开，在咱们11号楼跳楼了。"

"谁说不是呢？对了，现在物业怎么回事，不是说要把咱们楼上的11重新粉刷一下，要不然还有人真以为咱这是1号楼呢？快打电话催促下物业？怎么还没人来呢？"

楼下，刚被打扫过的地砖非常干净，不过仍然能看清上面还残留着殷红的血迹。我抬起头，11号楼怎么少了一个1？我突然想起了那个半夜来客，听不清自己嘴里呜呜地说着什么。

唉！这是什么事呀！

◀ 勒进灵魂的缰绳

17 岁那年我读高二，脱离了爹娘的管制，我逐渐学会了吸烟和喝酒，经常和几个哥们翻墙外出逃课，我慢慢地也不想上学了。班主任孙老师一再教导我好好学习，可我不听劝告，仍然我行我素，无奈之下，班主任孙老师让爹过来把我领走，回家好好教育一下。

要被学校开除了，可我一点也不伤心，相反，心中却很高兴，因为在学校多无聊啊，要做没完没了的作业，还要天天听老师讲毫无趣味的课程，尤其一背英语单词我就头疼，老师还变本加厉，不会背要罚抄十遍。我越来越讨厌学习，心中只想着无拘无束地去玩，不想被拴在教室里，那太压抑，也太无聊了。

爹骑着自行车把我带到家，路上我们一句话也没说。回到家，爹就吧嗒吧嗒地吸着旱烟，烟雾在屋子里一圈一圈地扩散。娘则一个劲地劝我，劝我要好好学习，娘说："你看村里张老师的儿子考上了大学，现在进了县城吃上了商品粮，还有你四叔的闺女考上了大学，现在当了医生……"

"你烦不烦人啊，娘，整天说这些，我的耳朵都磨出茧子了。上学有什么好啊？反正我不想上学。"娘经常给我讲村里考上的几个大学生，鼓励我上进，我都听了好几百遍了，这都是什么时代的事呀，学习多累，不如多玩一会儿。

娘开始不住地叹息，躲在一边悄悄地流泪，爹继续抽他的烟。

"不想上学，那你想干啥？"爹突然说话了，声音有点小，但不可抗拒。以前我不想上学，爹都是用鞭子打我，逼我回学校，这次却出乎我的意料，他倒关心起我内心的想法了。

"干啥都行，反正就是不去上学。"我对爹说，说得理直气壮。

"那好，不上学也好。那你也不能闲着，干点活，咱们拉几车土，把院墙砌一下。"爹说完，拉出了架子车，放了两把铁锹，娘跟了出来。"你别去，让孩子去，他不是不上学吗？现在就干活去，这么大了，总不能白吃白喝，让我们养他一辈子。"爹也很坚决，一点没有商量的余地。

干活就干活，反正比上学要有意思。我在内心赌气道，跟着爹走出了家门。不过说实话，这几年爹供我在县城里上学不容易，家里的房子没钱翻修，其实早就应该修修了。

五月的阳光暖洋洋地照在身上，我看见田野里麦子都出穗了，过不了多久就要收获了，一阵风吹来，我感到内心很惬意，这多凉快啊。爹在前面拉着架子车，我跟在他的身后，来到了一处干涸的池塘边，爹顺着河坡，小心翼翼地倒着拉架子车，停在了池塘中央。我知道，村里人都舍不得拉自己家大田地的土，都是到这个干涸的池塘里取土，然后拉上去盖房子和砌墙头。

爹往手心里吐了口唾沫，两只手用力一搓，一锹一锹地往架子车上装土。我也弯下腰，握起铁锹，学着爹的模样，开始往车子上装土。没装车子的一半，我的胳膊就有点酸，手也有点痛了，但也仍然坚持着，我不能让爹看出我痛苦的模样，反而干得更欢快了。阳光照在我的胳膊上，照在我的脸上，我开始感到全身有点发烫，今天天气怎么这么热？

不一会儿，就装满了一架子车，爹用铁锹把车上的土用力拍了拍，确定拉的过程中不会散落后，便把外衣脱掉，露出了黑黝黝的皮肤，他把衣服折了几折，垫在了缰绳的下方。我看坡度有点高，就对爹说："我去喊娘来推车吧，要不然，咱们上不去这个坡啊？"

爹停了一下，然后他对我说："不用，我来。"他憋足了劲，弓起腰，就像一把弓箭，车子一点一点地向前移动，我赶紧在后面用劲推，生怕车子从坡上倒退下来。缰绳勒在爹的肩头，爹咬着牙，脚步一步一步地向前移动，不过还好，车子总算爬上了坡。我累得上气不接下气，想停下来歇一会儿，可是爹话都不说一句，仍然拉着车子向前走，就像我不存在似的。

到了中午吃饭的时候，爹对我说："干不完活就不吃饭。"下午三点多，我的肚子"咕噜咕噜"地直叫，我感觉手都握不铁锹了，不知何时手心里长出了一个个血泡，鼓鼓的，马上就要"爆炸"。爹也明显力不从心，装土的速度明显地慢了下来。太阳火辣辣地好像只照我们两人，身上的衣服都湿透了。这时，池塘里也没有一点风，我感觉就像在蒸笼里一样，天啊，这太阳怎么光照在我身上呀？你就不会照其它地方，烦死人了。

又要拉土爬坡了，爹用力咽了一口唾沫，又弓起腰准备拉车，就对爹说，我来拉吧。爹把肩头上垫着的衣服取下来，他"啊"的一声，像撕开一块粘在肩头的胶布，长时间的拉缰绳，把衣服都勒进肉里了，爹这一拉，肩头上的淤血露出来了，我看见一道深深的血痕深深地勒进了黑黝黝的皮肤中。他强忍住疼痛，从地上抓起了一把黄土，在肩头的伤口处揉了揉，他的眼睛都没有眨一下。火热的太阳炙烤着他，他还不到六十岁，脸上却是岁月的刀痕，花白的头发与汗水粘在一起。那是父亲吗？是我曾经年轻力壮的父亲吗？他什么时候变得这么苍老？

我呆呆地望着爹，眼里全是他流血的影子，我伸出手抚摸着爹的那道血痕，那道血痕深深勒进了我的灵魂中，滚烫的泪水模糊了我的双眼。是的，父亲的良苦用心，我再不懂，我岂不是一个不孝之子吗？

第二大，找什么也没说，我又重新返回到了校园，改变了以前的毛病。是的，我要好好学习，我要重新振作起来。

◀ 老秋婶的书店

老秋婶和丈夫在学校门口开了个书店，两人用心经营书店，虽然生意不太好，但还过得去，这可是家里主要的经济来源，解决家里的大问题。

有学生来书店买书，老秋婶就认真给学生介绍，并鼓励他们好好学习。可当他们空手走出书店时，老秋婶心里有点失望和不理解，心想，现在学生都怎么了？好好的书不读，都喜欢读一些武侠小说、青春小说和黄色小说。她叹气道，多好的孩子呀！看了这些书，是有危害的。丈夫是一个高中教师，他知道学生需要读什么书，需要做什么资料，经常去购买一些高质量的试题和一些经典的文学名著。她记得一个女学生要买《茶花女》，可是卖完了，聊天时她发现女学生饿了一周才省出十元钱，她很感动，自己卖的书影响一代人呢。

可是去年的一天中午，一切都发生了变化，丈夫上完课回到书店，随手把一本书放在书柜上，说是收学生的课外读物，还说现在孩子们都看什么书啊，真应该引导他们多读一些有益的书。丈夫忙着出去接货了，来了个男学生来买书，当看到了书柜上放着那本书时，马上问老秋婶多少钱？

老秋婶想，反正这书也没有什么用，扔了也怪可惜，就说只有这一本了，要……

"十块钱卖吗？"

"好。"

男学生递上钱，拿着书高兴地走了，后来老秋婶才知道，那是本黄色网络小说。

丈夫出去了好久还没有回来，后来有人打电话说丈夫出车祸去世了，她感觉天都塌陷了。没办法，有困难也得扛啊，儿子上学需要花很多钱，从初中开始，老秋婶就把儿子送去私立学校，让他接受良好的教育，她不想让孩子输给其他孩子。儿子也很争气，成绩很好，上了重点高中，六月就要高考，按他的实力准能考个重点大学。所以，她要努力攒够儿子上大学的学费，攒够儿子找工作、买房子和结婚的费用，虽然就她一人了，但她相信有这个能力。

可是，丈夫去世后，书店里大大小小的事全压在她一个人身上了，她越来越感觉到书店经营的困难。以前丈夫负责货源，她只是帮忙打理负责销售，现在只有她一个人，一大摊子事压得她喘不过气来。幸好送书的老陈乐于助人，主动送货上门，这才减轻了她的负担。

但书店经营得并不很景气，在多次向老陈询问哪些书时畅销时，才知道黄色小说热卖，价格也高，她就决定进一批试试。果然，书很畅销，一周的时间就卖完了，还赚了好几百元，老秋婶不再考虑是否危害学生了，又进了一批。她想，自己也没什么大本事，要想方设法给儿子积累一些资本啊。

儿子清明放假回家，老秋婶发现儿子瘦了，就到街上买些肉给儿子补身子，她交代儿子看好书店，并告诉他如果有人买书价钱按八折算。过了半个小时，老秋婶买了满满的一篮子菜和肉，她发现书店里空无一人。

儿子去哪里了？怎么不见了。

老秋婶放下买来的肉，正好有几个人买书，一转眼新进的一批黄色小说又卖完了，正准备打电话给老陈让他送些书过来，电话响了。

儿子慌张地从里屋出来说："妈，您回来了，您先休息会，我来接电话。"

"谁打的电话啊？"

"是学校里打来的电话，妈，他们说不让咱卖小说了，说毒害学生……"

"别管他。老秋婶子厉声地说。不卖小说，怎么挣钱？怎么上学？怎么养家？"

儿子没说什么，眼睛里闪烁着缥缈的眼神。

"儿子，看你学习都累瘦了，妈给你炒几个菜，改善下生活。"说着，老秋婶进了厨房。做好饭，老秋婶一个劲地给儿子夹菜，儿子吃得很香。老秋婶想着儿子马上要上大学，自己所受的苦与累都值得了。

吃完饭都一点半了，儿子看着老秋婶疲倦的样子，体贴地对她说："妈，你休息一会儿吧，我来看会儿书店，我都熟悉。"

"儿子，妈不累，要不你午休会？你平时都没怎么休息好。"老秋婶想让儿子多休息会，他知道儿子上学也累。

没事，妈，我可以照看书店，还能学习。

老秋婶很欣慰，儿子真懂事，就走向里屋睡觉去了。睡梦中，她迷迷糊糊有人在喊："有人吗？有人吗？"可是，好长时间都没人答应。她赶紧从床上爬起来，走出里屋，来到了大厅，发现有一个四十多岁的中年人站在那里。

"我是你儿子的班主任，今天正好路过这里，正好来进行家访。"来人说着进来了。

老秋婶赶紧让班主任坐下，倒了一杯水，客气说："老师，您辛苦了。"

班主任说："这段时间你儿子的成绩不如以前，老喜欢看网络黄色小说，成绩下降很快，你要好好管一下了。这以后成绩再下滑没法考学了。"

老秋婶很生气，想问问儿子是不是这样，她叫了一声，儿子，儿子，可没有人回答她。

班主任要走了，临走时反复叮嘱她要好好教育一下，不能耽误了孩子的大好前途，班主任说："咱们家校共育，都要重视起来，不能光靠学校。"

老秋婶又喊了几声，没人回答，她想去洗手间洗把脸，就推开二楼的洗手间。儿子正在座便上看书呢，他一页页地翻着书，非常投入，书上浮现着女人裸体的画面……

　　儿子没感觉到有人来，他脸上流了很多汗，都没来得及擦。老秋婶感觉自己的头好疼好疼，她认出来了，那些书不都是自家的吗？这孩子，唉，不都怪我吗？她气得直捶头。

◀ 尿奶奶

尿奶奶是我们将军寺村唯一的百岁老人。

尿奶奶没丈夫，没后代，一个人孤零零的。在将军寺村是极讲究辈分的，按辈分来说，我该喊她奶奶。小时候，我经常见她在村里走来走去，白天她一个人驮着太阳不知道去哪里，晚上又背着月光不知从哪冒出来。她回到用玉米秸搭的棚子里，像个活神仙一样"隐居"在里面，不发出一点声响，整个世界瞬间安静了。

我感觉尿奶奶很神秘。她总是低着头，弯着腰，手里拄个小竹竿，执着地向前走，时不时地停下来，好像是累了，待上一会儿，抬头看看前方，又继续向前走。有一次，我和爸爸从镇上买东西，回来很晚，看到一个人斜躺在路边的麦秸垛旁，一动也不动，以为是出了啥事。爸爸赶紧停下自行车，过去看看是不是出了啥事。

"尿大娘，尿大娘，你没事吧？"爸爸又提高了嗓门。

"啊！"尿奶奶睁了一下眼睛，"是谁啊？"她抬头看了我们一眼，翻了一下身子继续睡。

"这里多冷啊！快回家睡吧！"爸爸又说。

"在哪里睡不一样啊！"尿奶奶说。

"家里不冷啊！"我说。

没了回答，却传过来一阵打鼾声，显然尿奶奶又睡着了。

回来时，爸爸不住地说："你尿奶奶一个人多可怜！"那天晚上，我们经过将军寺桥回家的时候，才发现尿奶奶住的玉米秸棚子早已塌陷了。她没法住在家里了！当天夜里，爸爸和妈妈商量，同意让尿奶奶搬进我家的烟叶楼里。

烟叶楼就是炕烟叶的地方。我家盖了个烟叶楼，当初是爷爷、爸爸和叔叔一起盖的。烟叶楼下面用砖头砌，上面用泥垛起来，却很结实，就在将军寺河边，一直闲置着没有用。第二天一大早满将军寺村找尿奶奶，可是没有找到，晚上在遇到尿奶奶的麦秸垛旁，总算找到了。

妈妈说："大娘，别睡这儿了，回家睡吧。"

"家？家……"

"烟叶楼以后就是你的家了！"

尿奶奶眯缝着眼，好像睡着了，但我看得很清楚，她眼睛里晶莹晶莹的，分明有泪水。

左邻右舍听说要给尿奶奶搬家，都过来帮忙。将军寺村的人还是很热心的，无论有钱没钱。其实，尿奶奶家也没啥主贵的东西，一个破锅，还烂了个豁口子；一床旧被子，上面黑乎乎的一层，散发着一股气味……东西都搬完了，尿奶奶从挂在半空中的馍筐里拿出一个小盒子，紧握在手里。

原以为尿奶奶搬到烟叶楼会高兴一些，可她经常不回烟叶楼睡觉。"是不是尿大娘不满意这个地方？"有一天爸爸说。

"哪能呢？"妈妈说。

应该不会不满意。后来，我们经常听见尿奶奶逢人就说我爸妈好，找了个好地方让她住。至于尿奶奶不经常住烟叶楼的原因，后面我渐渐明白了，尿奶奶喜欢走到哪里睡到哪里，她心中的家只不过一个停留的地方而已，只要能让她歇歇脚的地方，就是家。对于大自然，她从不过分要求什么，一切她都有了，又好像一切都是她的。

尿奶奶没得过病，反正我没有见她吃过药，身体好得很，人们说疾病绕着她走。有一次，几个上了年纪大的人说起身体来："你身体多好！"

"身休不好不中啊！家里哪有钱看病啊！"尿奶奶年龄大了，满嘴跑风。

她什么都吃，河里游的，天上飞的，地上跑的——你不要想太多，她哪有口福，她没有钱去买。她吃这些尔西多是别人扔掉不要的，要么是死了的，她却当作宝贝似的。至于怎么吃的，我没有见过，反正东西一到她手里她不会浪费。

有城里人来寻找没病没灾的方法，并要求与她一起吃一次饭。尿奶奶说："你们身子金贵，我吃的你吃不了。"城里人说："我能吃。"尿奶奶看城里人这样说，就不说话了。

你猜猜，尿奶奶都吃些啥？竟然是死鸡、死老鼠之类的东西，不知道从哪里捡的。

"咋是这？"

"没办法，总不能饿死吧！"尿奶奶眼睛也不眨，咯吱咯吱地吃了。吃完了，一抹嘴，就走了。留下那个城里人在身后吐了一地，睡了一天才醒过来。这阵势确实让人受不了。

听人说，尿大娘过了一百岁大寿才走的，当时紧握着一个盒子，不愿松开，上面模糊地雕画着一条龙，盒子里是什么，没人知道。她模糊地喊："你不来，不来；我走了，走了……"没人听懂是啥意思。有人问，她也没有回答，只是瞪着眼睛向外看。

几年后，一个满头银发的老人来到我们将军寺村，乡里干部陪着。听说，老人解放前到了台湾，这次专门回来寻他妻子的。老人说要找一个叫兰香的人。在我们将军寺村，数三老太年龄最大，都九十多了，她也记不起是谁。老人们不知道，小孩们更不知道了。银发爷爷并没放弃，大家见他手里也握着一个盒子，上面雕有一个凤。大家突然想起尿奶奶一直抱着一个木盒子，这个人是不是尿奶奶？

后来，银发爷爷去了将军寺河南边，那里是一片乱坟岗，在寒风中越发凄凉，孤零零的，那里埋葬着他的妻子兰香。银发爷爷落了泪，嘴里哆嗦地说："我来了，来了；你走了，走了……"

银发爷爷重修了个墓碑，种了四棵柏树，算是一种缅怀。后来，银发爷爷去世了，就和尿奶奶合葬在一起。你若到将军寺村，仍然能找到这个墓，柏树苍翠无比，直挺挺地向天上长去，比胳膊都要粗些了。

◀ 王踩下
·····················

　　我们将军寺很少懂手艺的，如果非要找，王踩下算一个。

　　王踩下，姓王，是个孤儿。他一见人就笑，每天乐呵呵的，从没见过他不高兴的样子。"踩下"应该不是他的名字，是一个外号，至于真实的名字，早就没人知道了。

　　将军寺村的女人们会过日子，男人们看不上眼的破旧东西，她们舍不得扔，觉得是一种浪费。她们经常把破盆烂罐子收拾起来，等王踩下修修补补，化不了几个钱，比买新的划算多了。王踩下骑着破洋车子四外庄转，车座上带着破铁桶，里面装着工具，铁碰铁，叮当叮当地响。女人们一听见声音就说："快，踩下来了。"

　　女人们说："来了？"

　　"来了。"王踩下一阵嘿嘿地笑。

　　"踩下。"

　　"踩下，踩下。"他已明白那是什么意思了。

据说王踩下是信命的。有一次他见了一算卦的老头，那人给他算一卦，说这辈子得罪的人太多了。人最怕有灾！算命这事没法解释，说得像真的一样，王踩下忙问如何解，那人看天看地就是不看他，神神秘秘的。他总算明白啥意思了，把一天挣的钱给了老头。老头才眯缝着眼睛说："做事前要踩一下，把坏运气踩在脚下，可解。"

后来他就有了这个习惯动作，干活前总要先踩下铁皮，不管铁皮用不用到。

王踩下手艺在于补锅补盆，只要女人在身边，都有使不完的劲。他手艺高，没得说的，一手拿改挫，找个扒沟，钻眼，用小锤子叮当一阵敲击，再用白粉状东西打腻子，不管多碎的瓦盆都能补好，可继续使用。

夏天天热，几个女人摘过烟叶，身上黏糊糊的，脱得精光呼啦呼啦跳进水中，露出低垂的乳房和光亮的肚子，笑声一声大过一声。女人们上岸时，发现王踩下正在树下乘凉。有女人问他："你是不是偷看了？"

"没……我……怎么偷看呢？"王踩下脸红了，说话哆嗦起来。

将军寺村的女人泼辣，甚至有些蛮不讲理。"那你结巴什么？"女人晃悠着乳房。他不敢抬头直视，满脸通红，也许是看到了不应该看的东西。懵了！

有女人一边拢着头发，一边问他："你还没结婚吧？"

"嗯……啊……"

"哈哈！"笑声在将军寺河上空回荡。女人们屁股一扭一扭，满意地走了。王踩下的眼里有泪，扑嗒扑嗒地往下落。

将军寺村西头的李婶从不开这种玩笑。李婶个头高，有一对小酒窝，头发辫子经常用手绢系着，摆在胸前。李婶丈夫出去打工，一年也就回来一次。王踩下每次修理她家东西都格外认真，有时李婶家里有活，就让她先放着，修好后亲自送她家。他发现李婶与她们不一样。

有次李婶拿着一个腌醋蒜瓣的坛子让他补裂纹。李婶一直看王踩下忙活，没走。她一边纳鞋底，一边盯着问："你怎么不找对象？"

王踩下没爹没娘没钱，更没人关心他，听见有人问起婚事，心里倒紧张起来。"这……这……"王踩下活儿停了，手脚不麻利了。

"有啥不好意思的？"李婶笑了，那对小酒窝更显了，她接着说，"好了，我不说了，你看你呀！"

土踩卜很快修好了，李婶给他钱，他死活不要。

"有合适的，我给你瞅着哩！"

他感觉李婶这人真好。真的，走到哪里都想着这句话！

有天上午，李婶家的铝锅底烂了个洞，说下午来拿，落黑了还不来拿。王踩下怕耽误李婶做晚饭，就给她送过去。在院里喊了半天，没人答应。李婶去哪了呢？他把补好的铝锅放外面板凳上，一抬头吓坏了，堂屋里吊着一个人。那是李婶，上吊了！

王踩下把李婶解下来，几乎没气了，他想也没想，嘴对着嘴，

西瓜熟了

吸一下，吹一下。李婶醒了，哭着说："让我去死，我还有什么脸活？"

王踩下没问原因，安慰说："一个人，死什么？年纪轻轻的。活够了？"

"你让我死……"

"没有过不去的坎，人不都得慢慢走？"

这事儿王踩下没说出去，成了两人之间的秘密。

从此，王踩下生活里又多了一件事，他做生意回来，总要买来一些东西，先是梳子、发卡，然后是衣服，这些都给李婶送过去。李婶东西都放着，一样也没动——不知是舍不得，还是别的原因。

李婶去世很突然，喝农药死的。那时候我才十来岁，我跑过去看，院子里围得里三层外三层。大家都说李婶死得冤，不值得为那个没良心的人死。这时我知道，好像李婶丈夫在外找了相好的，还有了孩子。王踩下哭了，不过我没亲眼见，只是听说。

这几年，王踩下还做着那个补盆补锅的活儿，一旦不做好像找不到自我一样，只是脸上不再笑了。他没结婚，一个人怪可怜的。上次放假回家，我看见一个女人从王踩下家里出来。

我问娘这女人是谁，娘说："一个疯子，找不到家了，王踩下把她留下了。"

那个女人在王踩下身后，走一步跟一步。经过我身边时，我向他们打招呼，女人看我一眼，算是回应。走了好远，她回过头，好像在朝我笑。她笑得很像李婶，一对小酒窝浮现在脸上。

◀ 白净一

从严格意义上讲，白净一是将军寺村第一个的城里人。

大学毕业那年，父亲非要让我留在市里，我坚决不同意。我说："在市里工作有什么好？又没一个亲人。"爸爸说："有，咋说没有呢？"这时我才知道市里有个亲戚叫白净一，按辈分我应该喊他叔叔。

爸爸带我去见他，还买了礼品，白净一穿着华贵，说话不紧不慢，俨然一个城里人。他家里收拾得很干净，见我们来特热心，打电话给我联系到市一中当老师。爸爸很高兴，没想到多年不见，他还认这个老家人。中午，他又带我们到大饭店吃饭，喝了酒，好像是茅台。聊天中得知，他小儿子快结婚了，但一说起白婶婶他就不住感叹："她忙，天天带着儿子四处跑……"

白叔叔一直把我们送到车上，车子走了老远，他还站在那里。回来的路上，我问爸爸："白净一怎么进的城？"爸爸笑了："他的故事很奇怪，跟他一个儿子有关。"

二十年前，那时候白净一才30来岁，是个闲不住的主儿，常到乡里县城进点日用品，赚个辛苦钱。有一天晚上回家，他看到一个七八岁的孩子在路上哭。他抱起来孩子，用大衣包住他抱回了家。为这事，媳妇还给他生了一场气。

　　白净一问孩子："你家在哪儿啊？"孩子只是哭，成了一个泪人，什么也不说。他想孩子是饿了，就给他拿点吃的方便面和糖果，孩子一吃，与白净一也不陌生了，问啥说啥。孩子说了自己的名字和地址。白净一对媳妇说："乖乖，他是市里的？怎么跑到将军寺村了？"媳妇说："你别给我张经这么多事，到时候还惹得一身骚。"

　　多年以后，白净一仍然不后悔当初的选择，村里人却悔断了肠子，他们也发现了那个孩子，但没有一个人操这份闲心，更没人愿花五块钱把孩子送到城里。

　　白净一带着孩子，花了五块钱去了市里，费了好大工夫总算找到孩子的家长。孩子妈妈抱着孩子哭了，孩子的爸爸是市卫生局局长，当即给他100元钱表示感谢，白净一没接钱。孩子爸爸说："你是大恩人，你有啥要求，尽管提。"白净一说："我是做生意的，以后还想卖点啥！"孩子他爸说："我们局旁边有间空房子，你在那里卖点东西吧！"

　　这样白净一和媳妇进了城，卖日常用品，卖水果，门面慢慢地变大。

　　后来，领导又到市政府做官，白净一把店开到了市政府旁边，生意更红火了。白净一懂人情世故，逢年过节就看望孩子，到孩子过生日时也学起城里人给红包，两家的关系一直很好。白净一在市里面买了房子和车子，孩子在城里上了学。将军寺的人都羡慕他，说这都是命啊！

白净一的老婆死了，不知道什么原因，他找了一个二十多岁的姑娘当老婆。那个姑娘最初在店里给他帮忙当收银员，时间长了非要嫁给白净一。对于老牛吃嫩草的事，将军寺村的男人们羡慕死了。这都是命啊！

那些年，我上高中、上大学花了不少钱，家里穷，后来才知道这都是爸爸找白叔叔借的。包括这次找工作，我都很感激白叔叔。后来我结婚买房子找他借钱，他二话不说，出手就是三万。他的儿子在身边，眼睛盯着我看，我喊他："哥，你在哪上班哩？"他面无表情，却有点凶。后来我才知道，他这个儿子脑袋有点问题，花了不少钱但没治好。

前年八月十五学校放假回家，爸爸非让我把家里的柿子带给白叔叔，我说："城里有的是柿子，十来块钱买一大堆，吃都吃不完，谁稀罕呢？"

"你这孩子，家乡的东西，吃着不一样的味。"我带着一篮子柿子去白叔叔家。

白叔叔家我只去过一次，凭记忆找到那个楼。一群人正讨论着什么，几辆警车停在那里。警察正拖着一个人出来，我一看正是白叔叔家的儿子。有人说："他杀人了。"

咦，这，这怎么杀人了呢？

一打听我才知道，白叔叔的儿子和年轻的白婶婶发生争执，儿子捅死了白婶婶。白叔叔当时不在家，外出进货了，发现时一切都晚了。有人说，这孩子傻是傻，可他知道家产迟早会被分割，就产生了敌意；也有人说，这孩子看见他后妈不正经，替他爹出气；也有人说，是这傻孩子不正经，对他后妈有想法……

白叔叔没留在城里，房子卖了，把所有积蓄都带回家，给村子修了一条柏油路，一分钱也没有留，又回到了将军寺村。他经常说："钱都是祸害，还是家乡好。"他从来没有感觉家乡如此亲切。在将军寺河边他开垦了三分地，种点菜，没事就找上年纪的人聊聊天。

太阳升起来，他起床，围着村子一遍遍地走，走不完，看不够；太阳落下去，他睡觉，梦里也一遍遍地想着家乡，梦不够。

这次回家，我专门去白叔叔家，他显然老了，饱经沧桑的脸上布满了皱纹，胡子长长的，衣服上脏兮兮的。我给他带了瓶酒，中午吃饭时他不住地说："要我说，还是家乡好，你说你们这些年轻人，拼命去城里干啥呢？"

我没有说话，抬起头，分明看到白叔叔满眼都是泪，一滴一滴滴在酒杯里。

◀ 胡子张

说起将军寺村东第一个的红瓦房，大家并不陌生，那是胡子张的。但自从红瓦房盖好后却没有装上窗户也没装门，没人住现在依然空着。每次我回到家都不禁发出一阵感叹。

胡子张本来叫张国庆，是国庆节那天生的，别人提起他总会笑着说："他是我们村里与领导打交道最多的！"说起来，他没上几天学，好像上小学一年级时我们还一个班，到了二年级上学期就退学了。80年代末那阵了，他父亲能干，开了个小卖部，攒了不少钱，所以他不干活也不愁吃和穿，让我很羡慕。一次张国庆生病了，被送到镇上的医院，可医生用错了药，打错了针，他的腿就不能正常伸直了，像个瘸子一样。他父亲想讨个说法，没想到被人暴打了一顿，他爹气不过，一口气没上来，竟然气死过去了。

张国庆的腿残废了，他父亲也死了，不久他娘也不知道跑到哪里了，再也没有回来，本来一个好好的家庭就这样散了。这样，张国庆就没人管了，先是他一个人在家睡，最后没吃没喝了，他也没办法了。有人爱挑拨事说："你想你为啥变成这事？"张国庆没明白，那人接着说："你要告医院去，人家有责任，说不定赔你不少钱哩！"

张国庆想想有道理，他就去找医院，找当初给他打错针的医生，可是没人搭理他。你想想，对于一个孩子，谁搭理他啊！可他不信没个说法，又一次次地去告状，医院的领导最初不搭理他，后来看他可怜，毕竟一个孩子嘛，就给了他五十块钱，并达成协议，说以后不能再来了。张国庆说："好，好。"还签了字画了押，拿着钱回家了，吃了好个把月才吃完。轻易就到手了五十，他心里想不干活也可以挣钱了，高兴了一段时间。可钱花完了怎么办？他又想起要点钱。再找医院，医院可不依了："钱已经赔了，你当初也同意了，签了字，怎么又反悔了？"张国庆还去，领导不见他，急了说："你找那个医生去吧，他调到了县城里，不归我管了。"他不管这些，没达到目的，继续去了几次，医院一直推来推去，后来领导也不见他了。

张国庆不甘心，在医院大门口天天喊："医生是你们的医生，跑了和尚跑不了庙，你医院说啥也得负责，你不管，我去乡政府告状去。"张国庆学精了，他一点也不傻，他先是踩好点，他知道要找主要领导才能办事。乡政府周一开会，他拦着乡长的车，死死地趴在车前面，谁也拉不走，害得乡长下了车走着去开会。确实有效果，乡长果然派人了解了情况，看他可怜，还给他五十块钱。张国庆本不想接，想多要点，可干部说："这就不赖了，你不要我就拿走了。"他握住钱，生怕别人反悔不给了，他在阳光下照了照，又用手弹了弹，揣进裤兜里回家了。当晚，村干部给他送来了东西，有面粉，还有袋子大米，张国庆接住，没说感谢。村干部说："以后别去上访了，都已经过去了，别弄得都不好看！"张国庆咧嘴笑，没说什么。

一转眼，张国庆二十多了，他身边也没个人照顾，衣服也脏兮兮的，头发能盖住脖子，脸上胡子拉碴的，又加上是脸面胡子，像发怒的张飞一样，所以大老远大家都喊他胡子张。那时候离将军寺村不远也有一个人，家里的牛丢了，得知是邻居偷去了，可是派出所不管，听说是邻居给所长送礼了。这样两个一起去上访，两人一胖一瘦，一高一低，一老一小，不知道的还以为是一家呢。他们都了解彼此的情况，有时也相互通消息。

有人出主意说："既然乡里管不了，你可以去县里，就不信县里也没人管？"

胡子张到了县里。他来到县委大院，他要把写的东西送给县长，可他见不到县长，也不认识县长。这不像乡里，门口还有站岗的，他拼命要进去，保安拦着他不让他进。有一个戴眼镜的人打了个电话，一个信访局的人过来了，把他带到一个房间里问他："有什么事？"他说："来告状。"

"这不是告状的地方，告状的话，你应该去法院啊？"

"去法院，都被人家买通了……"满肚子的话要说。

那人听了，笑了笑说："你有什么情况，给我说说吧。"

胡子张指了指腿说："医院把我治残废了……"那人细细问

了他是哪个乡的，家的详细地址，然后说："你先回去，我问问情况。"胡子张等待结果，过了好长时间，可是依然没了下文。没好处，他有点不甘心，过段时间又去县里，可人家见到他就躲着走。不过村干部确实来他家了，还给他带了箱苹果和一桶油，安慰了一大堆好话，最后劝他道："上访有什么好处呢？像你这个年龄应该好好工作，娶个媳妇。"胡子张想想也是，可是谁愿意嫁给他呢？没了爹娘，又没钱，也没盖房子，自己没工作没法挣钱。

一穷二白，哪家的姑娘愿意跟着他呀！那天夜里，胡子张失眠了。

第二天早上，胡子张要好好打扮一下，他找了块碎镜子，眼睛呆滞，胡子像草一样旺盛，自己都快认不出来自己了。邻村人来找他要去城里上访，他又跟着去了。多年的经历使他变得脾气暴躁，谁要拉他，要么他倒在地上捂着胸口呻吟，要么就拼命给别人过刀子，没人敢搭理他。一次他又无理取闹，倒在地上捂着胸口呻吟，他呜呜着："当官的打人了！"警察来了，刚开始他以为只是吓唬他，可警察二话不说抓走了他，他进了监狱，被关了十几天。

出来后，他感觉有点亏，但想想自己啥事也干不了，更确切地说，啥事也不想干，幸好还有上访。他在新闻上看到现在时兴打条幅上访，这样能引起更多人注意，所以他也拉个白条幅，上写：还我清白！他一瘸一瘸地走，有人见他就躲了，可依然是一遍遍地上访，一遍遍地无果。也不知道他哪来的劲，他还是坚持着，反正闲着也是闲着。

一转眼又是几年。

新任县长见了，想解决这个问题。他深入了解情况后，感觉有医院的原因，他批示要重点处理。县长批示了，下面也重视，竟然赔钱5万元。5万元不是小数目。村干部出主意，给他盖红瓦房。这样盖了红瓦房。可是红瓦房盖好了，没钱装窗户安门了，就那样光光的一个空壳子，仍然没有姑娘愿意嫁给他。不过幸好能有个地方睡觉了。

他依然经常没有吃的。有一次，他的钱不多了，只好拖着腿去火车站，想逃票挤上去。他看到了两个坐火车的人，两个人穿着烂烂的，但吃得却很好。胡子张不得不咽了一口吐沫。"你加入我们吧，你不做这行可惜了。管吃住，外加工资！"那人又给他描绘不尽的好，他听得心花怒放，这样他加入了上访大军，天南海北到处跑，有一次网络疯传的视频中竟然有他的身影。

如今，红瓦房依然空空的，没有窗户，没有门，也没有院子。

那天我和妻子、儿子回老家将军守村，看见他一瘸一瘸地走，满脸的胡子，像一个刺猬。他不比我大几岁，却看起来比我要大二三十岁。七岁的儿子看见胡子张从对面走来，吓得赶紧躲到我身后，他没有见过这么多的大胡子，竟然吓哭了。

我不知道该怎么说才好，正想着如何开口，他已经从我身边过去了，一拐一拐地向前走，甚至没有注意到我，也许早把我忘记了。

◀ 张大牙

张老师外号叫张大牙，喊他老师并不是因为他教学，将军寺村这一带喊懂手艺师傅也喊"老师儿"。他老父亲做木工，是匠人，但他偏偏喜欢与他老爹对着干，不喜欢木工，偏偏喜欢修理声音机。

大牙本名叫张胜利，他门牙比较大，突出嘴唇外，喊着形象也顺口，就喊成了张大牙。他爹让他干啥他不干啥，他家里的条件不错，本可以上学，但他总爱睡觉，一听课就睡觉，又懒，不想学习。他爱摆弄东西，先是玩具，后是家里的声音机、录音机，又加上不知道在哪里偷看了几本书，感觉自己的本领大了去了，成为行家，就不知天高地厚。他把物件拆了卸，卸了拆，摆弄来摆弄去，就是喜欢这样玩。他爹让张大牙学老本行，让他拿锯，故意把锯条弄断；让他拿墨斗，他把里面的黑线使劲往外拽，线轴子都扯出来了。他自己弄了个箱子放在自行车的后座上，箱子里装有烙铁、喇叭、破旧的声音机和电线等大大小小的零件。谁家的声音机坏了，喇叭不响，换台没声，电波刺啦响，都可以找他，人家称呼他"老师儿"，他喜欢别人这样叫他。我很少见他能修理好过，相反，吸铁石倒是不少，我每次去找他要，他都给我，我就用吸铁石吸铁渣子，吸了不少，用纸包住。

后来，张大牙经常四外村庄转悠，不管怎么说骗了不少钱，仗着有几个钱到处吃喝，慢慢尾巴尖儿撅到天上了。村里人没有谁喜欢这样的，人家巴不得身边人比你还要惨。坦白地讲，他家庭条件还不错，却没有讨得个老婆。当时父亲想给他撮合，可他没个正行，不去见面。村里人说这是报应，老天哪能让你都好，好像从一开始，大家就不希望他过得比人好。那次在修理录音机时，他修坏了一台录音机，人家让他赔，他处处喊着没钱，人家认为他装赖，打了他一顿。当时看笑话的是李老师，还有姜老师，他们年龄大小都差不多，看不惯你长得比他高。不知道咋回事，他的眼睛看什么都糊糊，有人说是焊东西时溅到眼里了，有人说他命该，还讽刺道："这张老师儿真是开了眼了。"

把挣到的钱都化光，还搭上了一些积蓄，眼睛也没看好。这下，有人开始同情他了。

张大牙的眼睛没瞎，就是看不太清，却没有被这击倒，他老父亲说："让你乖乖地跟着我做木工，你不干，以后别瞎跑了，咱家还有几亩地。"他依然不同意，继续修盆盆罐罐，这是小生意，好像他不信命，不信别人的安排，就开始自己一个人闯荡。还倒腾过化肥，卖过番茄等。他一直活在父母的反判下，却始终忘了本身。结婚不结婚这是大事，你再有钱，没有老婆，成不了家，在别人面前总要低人一头，但直到现在婚姻还没有定下来。

那家伙喜欢上上喝酒。酒是个好东西，一沉醉其中什么都忘记了，他好像找到了虚拟的自己，很大，像个神仙。当一个人醒来时，回到现实，面对着一个空空的房间，才知道什么是孤独，就连外面的月光从来没有多照亮他那阴暗的房间一次。四十多岁的人了，他开始伪装自己，好像自己不在乎，只有这样才能找到一点存在。一个人到了困境，也没人诉说，更没有人去帮助他。

村里有个在外跑生意的，开车出了人命，那女人经常来找他修理东西，也是图省钱。时候一长，孩子喜欢得不得了，慢慢地，女人给他做个饭，有时候就不回去了。老张就明白，张罗着给他们成了家。果然，婚后的日子还幸福。人们说，这小子有福了，生活不错。有了女人，他全身充满了力量，开始有了方向，生意慢慢有了起色，怕别人欺负孩子，就在镇上开了个修理铺，还是干起了老本行。这样就成了镇上人了。

家里那两个女儿争气，上学成绩好，女人也是个过日子的人，从不胡弄，慢慢他的日子红火起来。将军寺村的人后来去看他，回来都羡慕她，说女人保养得不错，人们都在笑话他，现在不笑话了，嘴角流露出一种羡慕的眼光，但谁也不知道他所受的苦。钱没少挣，但从不经他的手，由女人管着。女人不知道怎么与一个理发的跑了，把钱也一下子带走了，他成了穷光蛋。李老师专门去劝过他，张老师说："你别可怜我，我没事。"他好像把心都放在孩子身上了，孩子上学需要钱，他就一点点攒钱，依然闲不住，没有把自己废掉。

孩子考上了大学留在了大城市，给了闺女最后一笔钱，买房子，把店铺卖了，回到了家里。他什么都没有了。闺女接他去享两天清福，他不去，偏喜欢在将军寺村呆。

"家好。"他吸了一口烟。现在只有他还在坚持吸烟，就这一个爱好，也不贵，帝豪。

李老师就打趣他说："张老师，你不是把钱都给闺女了吗？这在哪里弄的钱。"

嘿嘿嘿，不说话，张老师笑笑，默默吐了一口烟圈。

李老师听了，"哦"了一声，头转向了一边，看几只蚂蚁在慢悠悠爬树。

◀ 猴　精

....

　　将军寺村里人都说，李老师这家伙头活，简直是个"猴精"，以至别人在将军寺村提到老师这个职业，都不想成为他那样的人。与他打交道的人都知道，他比鬼的心眼都多，谁见过鬼，没见过，但身边这人比鬼都精，简直成了一个猴精了。当老师可是个香事，谁也不想让他干，这好事怎么也轮不到他头上。天旱时他给村支书去浇地，天天就在屁股后面跟着；又给校长走得近，他不知道咋拐的关系，他七扯八拉喊校长为表爷，这个称呼到哪里都喊得响当当，一点没有难为情。后来，他就当了老师。

　　他教我上学时，教唱歌，也教语文，我从没有感觉他是个"猴精"。黑板里这个"黑"字的读音，他教成了"写"这个音，瞧着黑板，黑板的"写"，这音就不太准，直到后来我考普通话时还没完全改掉，这都是李老师的"功劳"。小学里也学不了多少东西，他带我们去玩，到庄稼地里抓蚱蜢，到河里捉鱼，总之，只要不学习的事儿他总弄得挺好。他留着小分头，村里有啥事准会有他的存在，还像回事儿地指指点点。他不怎么爱读书，比起姜老师差多了，但好像没有他不知道的内容，大到中央领导人，小到四外村亲戚关系，比谁都了解，大家也喜欢听他胡扯，跟真的一样。考试一排名，倒数第一，这不要紧，真正能记得住他的学生不少，跟他都亲。但家长不这样，烦，还是想让孩子成才。

我一直认为，李老师最"出名"的是他的为人，而不是什么"猴精"。他只要粘上你，非得从你身上刮摸点啥。看见你吃饭，他也坐在那里，要了东一碗西一碗，吃饭的时候喊着去付账，他一站起来，别人也抢着付钱，他却坐了下来，还不好意思地说，下次我来。父亲有次赶集，他趁着车到集上买东西，父亲买什么，他也要到那家去买，要付钱时他就对父亲说："你先给我垫上，我回去给你。"但直到今天，李老师再也没提借钱那门子事。不过，这都是小钱，也没人跟计较，但后来慢慢多了，就有人烦了。这次在这个身上，下次在那个人身上，谁吃了他的招儿，人家就不再给他来往，虽然表面还是那个样，虽然嘴里不说，但心里不一样了，都瞧不起这号人。

这家伙脸皮厚，这点不得不佩服他，真的，脸皮厚，吃得胖，村里不止一个人这样说。像往常一样，他见村里哪个地方的人多，他照样往人群里钻，从来没有不好意思过。他到张大牙家修理声音机，他给张大牙要点电线，最初张大牙也没有在意，给了他；后来，李老师又要螺丝，不给还不行，好像你有啥东西，就得给他一样。

张大牙那次烦了，反问他："你家有钱，怎么不给我呀？"

"我有钱为啥要给你？"李老师的脸憋得通红，简直要动手了。

"那我有线为何给你？"

"你……你……简直不可理喻。"李老师憋了半天喊出来这几个字。

这件事反而成了李老师到处说张大牙不是的把柄，认为张老师教养有问题，人怎么这样小气？李老师还挺有理，到处去卖张大牙的赖，别人也不明白真相，一听还真是那么回事，怪张大牙抠门，不评张老师的理。弄得张老师后来到处解释，拍着胸脯保证，对老天爷发发誓，才算消除误会。

不过，将军寺村的人也不傻，你精，咱就不跟你来往。

结婚后，"猴精"的老婆杏花是个过日子的人，不过农村女人多是如此，但李老师对他老婆杏花也一样抠门，处处留着心眼，两个人较劲。有时候因为多点盐还要叮当一阵子，老婆一气之下，连我你都这样，日子没法过了，一气之下喝了农药，两只眼珠子凸出来。但她没死成，抢救过来了，妈妈去劝她让她想开点，路还长着呢。对于这样的抠门，她是真想不开，后来又上吊寻死，也没有死成。当他们从医院回来时，却发生了意外，一辆车把她撞了，那司机喝酸了酒。人们都替杏花感到不值。人家赔了李老师五千块，听说，李老师拿钱的时候满脸的笑，凝成了一朵花，也不管留下的一个闺女，村里人骂他不是个东西，老不死的。

当老师没责任不行，李老师天天跑着玩，后来有学生家长看不下去了，告到校长那里坚持要把他开除。姜老师与他深谈过一次，让他安心带学生，这家伙狗咬吕洞宾，不知好人心，还说是姜老师告的状。姜老师气得好长时间不再理李老师。李老师被下放到后勤，印刷资料，但资料哪能天天有，他自己总能找点事。天天在一旁指挥来指挥去，比校长还事多，装圣人蛋。当初，人家是可怜让他到后勤，给他一碗饭，让你闭嘴就是了，别天天叽喳了，他偏不是，这世界没有存在感不行，哪里都能有他的影子。如果学校没事，太平，他一去，准会要发生点事，这才是他。为这事，父亲还专门劝过他，让他少管闲事，要给自己留条后路，都是乡里乡亲的，别处处为难人。

我到镇上上初中时，就再也没有见到他，李老师在村里不受待见。当他的面不说，他前脚走，大家准会在背后骂他，老不死的。我经常听村里人说，老不死的。等你年龄大了，看谁抬你的棺材？没有谁会搭理你，断子绝孙的料儿。

再婚后，他还专门摆了一桌，他这样精明的人，拉出来的屎里还想把豆子刷刷放在嘴里吃了，他才不想失去收礼的时间。这种人会张罗事，蚂蚁大小的事儿也非要全部人知道，人们都说他作白。他到我家找父母，还专门给我买了本作文书，鼓励我好好考大学，我一看准是在地摊上买的。见我家正喝茶，他也不当自个是外人："别见外，打个稀饭就可以，我喜欢吃变蛋，多放点蒜瓣子。"母亲气得直咬牙，父亲使眼色别这样，他接着说："我本来不想待客了，但别人都说这不好，不给村里人面子，都是乡里乡亲的，你看我弄得里外不是人？哑巴吃黄连，我说不出来苦来。待就待吧，就不让乡亲们随礼了，要不然人家说我。"他说话怪好听，能把死蛤蟆说成活的。临走的时候，看见我家晒的红薯片子，就对我妈说："嫂子，你家的红薯片子是红瓤的吧，这吃着真甜。"父亲说："小鹏，给你叔找个袋子点。"他也不客气，装了半袋子，可能感觉有点多了，又掏出来一些："吃不了多少，也就是个味儿。"

后来，他又拿上烟让张大牙通知村里人，早忘了以前结下的梁子。他提前交给张大牙一个本子，上面有写好了名单，记着一些人的名字。提溜两瓶好酒到姜老师家："这事你还要管，谁让你是兄弟！"姜老师老婆翻白眼珠不搭理他，姜老师只是吸烟也不说话。"你可不能跟兄弟一般见识，我是粗人，以前做不到的，都过去了。谁让咱是弟兄们呢？"说着身子往他身上靠近，胳膊肘子不住地碰他，像关系很好那样。

李老师走的时候，看见搭在院子的几辫子蒜，一下子触动了新想法。李老师说："这两瓶酒你一定要留下来。你不喝也要留着，以后我要找你喝几个。"姜老师客气一下："我真不喝，放我这里，都放坏了。"李老师真把酒又提溜了回来，还顺便装走了一大辫子蒜。

李老师结婚真的重新收了一次礼，把全村的人都讲一遍，还有四外庄的，有的甚至见一面就去请，人家也不好意思不来，都是一个村的。这事做得也是绝了，断子绝孙的料儿，村里有人在背地里都说。

谁能想到，李老师婚后又生了一个儿子，学习还不赖，一儿一女，日子还真中，只是他老婆的命苦些。

这个"猴精"呀！

◀ 姜老师

　　我真正听说姜老师时才七八岁，人家都说他家里有书，多得满墙都是，我害怕他，因为我怕读书。他很聪明，会哄小孩子，小孩子也很愿意跟他学习。村里有人说，孩子交给他，放心。他到镇上到县上开会，人家买衣服买吃的，他好买书。他是那种喜欢收集知识的人。

　　父亲最初想把大姨介绍给他，父亲劝母亲说："这跟着他以后饿不住，他当老师也有工资，还可以培养自己的孩子，受人尊敬。"母亲说："不行，他家里穷成那样能中，本来就挣不到三核桃两枣，还天天买书，有个弟弟还得了小儿麻痹症。"父亲想想不是没道理，好事没弄成，最后当了恶人就没坚持，谁知道以后日子会是什么样的呢？后来就再也没提这个媒。

　　姜老师受尊敬，有知识的人都应该受到尊敬，这家伙特别讲究，说一不二，穿衣服也干干净净的，不经常爱开玩笑。他啥都明白，读得书多，但从不给别人点透，留着面子。人家请他写字或什么对联，他再忙也要抽时间去，帮个人场。他爱喝酒，人家

西瓜熟了

请他办事，他不要什么，弄得别人说他装，他就笑，不说话。主人最后往往给他送条烟拿几瓶子酒，他不要，又给人家送回去，不爱占人家便宜，弄得主人家很没面子。时间长了，就没人跟他客气了，像是一种义务劳动，背后有人悄悄说他是个君子。

姜老师不爱开玩笑，说话办事一鼻子一眼，慢腾腾的，张大牙经常见了他就损他："你小子，天天收的礼不少呀？"他一脸严肃，后来憋了半天："不比你这个大财主。"

虽说话讲究，但有时候喝点小酒，酒一上头趁着劲儿也爱吹牛。咱在城里也进过的，那理发店谁没找过十个八个的。张大牙说他："原来你是闷骚，最骚的就是你，骚的全将军寺村都闻见。"李老师也撇撇嘴，牛都飞到空中了，说谎话不交税，这谁不会。

村里发生了一件事让他很头疼，差点把他家的麦秸垛点着了。班上一个女学生成绩不太好，他经常喊她到办公室，说是补课。李老师嘴一撇："你看，你看，天天在办公室谁知道干啥呢？"这话让人听着总不舒服，让人浮想联翩。有人的地方就有江湖，江湖水深，人家吐沫星子能淹死人。姜老师老婆相信他，谁说这话就跟谁吵，玩命一样，维护着姜老师。你过刀子我跟你过刀子，你掂铁锹我掂铁锹，坚信不会做那恶心事。他家的麦秸垛后来着火了，幸好发现及时，扑灭了，就剩下个底了。他报了警，可最后也没有查出来。

姜老师有俩闺女一个儿，儿子调皮，大闺女听话，他考上了省城的大学。他闺女二十岁生日那天，与大学同学一起到 KTV 唱歌，被灌了酒，后来几个男生扒光了她的衣服，像摸小猫一样摸她，进行了直播。不止如此，这还被偷拍了视频传到了网上，下载量超大。当初姜老师的手机里收到了这种视频，没搭理怎么回事，小儿子好奇，打开不敢看，她娘一眼就认出来是闺女，没脸见人了，一口气没上来，气过去了。她女儿受不了这种气，半个月后，在省城的一个桥上跳进了河里，被找到的时候，衣服也没穿，光肚子，全身肿得像个癞蛤蟆，眼睛睁着，凝视着这个世界。村里有人说是报应，有人说可怜，一家就这样毁了，她还有个妹妹，总感觉也抬不起头，一到家把自己关家里，不敢出门。姜老师却高昂着头，他不能倒下，小儿子还没有结婚。他要是倒了，这个家就彻底倒了。

姜老师一直熬到退休，但丝毫没休息，听说退休的第二天又去挣钱了，找了个私立小学，毕业班，一节课三十块，还当着班主任，干活又踏实，一个月三千来块钱，将军寺村里的人羡慕说："你看看人家，老了老了，倒又吃香了。"

姜老师在县城工作干了差不多有五六年，钱真没少挣，可谓双工资，本来一份财政工资，再加上私立学校的三千多，一个月八七千。父亲有时候到县城，就找他，他也大方，只要村里来的人，都带到饭店吃饭，点一桌子菜。儿子也安了家，在省城进了大公司，年薪好几十万，但压力也大，买房子都是上百万元，找个女朋友在政府部门工作，大学时候谈的对象，感情好着呢，相亲相爱。后来，儿子当上了副总，说啥不让姜老师再当老师了，但他也不习惯在城里，就回到了将军寺老家。

在私立学校那几年，姜老师学会了写诗歌，比语文老师都好，一个教数学的还真有水平。他喜欢看书，写古体诗，押韵，还加入了县里的诗词协会，没事的时候跟着一群人还去采风，风风火火，退休机关干部，大学生……在将军寺村，像他这么大年纪的都基本上不待见的，张大牙天天撅着屁股在晃悠，李老师与卖菜叶子为便宜几毛钱讲价便宜几个钱的时候，姜老师又精心打扮一下要采风了，他有鼻子有眼儿说："这县里有个会，我得去参加一下。"在其他人的注视下，他骑着电动车走了。到了这个年纪，他还有那份闲心，难能可贵。

后来，听说一个女退休干部模样的人经常开着车找他，也是诗词协会的，模样不难看，总围着红围巾。村里人说他又交桃花运了，黄昏恋来了，挡都挡不住。张大牙让他请客，他嘴一撇，拍拍屁股走了。李老师在后面说："你啥意思，还怕我们随不起礼？"

前几年见过姜老师一次，他专门到我家找我说话。那时我已经调到市文联上班，他表明来意。姜老师说："我准备出诗集，就是书号太贵。"他问我手底下有没有朋友有门路。我说："怎么没有呢？咱们市里每年都有精品工程项目，到时候报下。"他满意地走了，走了老远，还回过头说："你记得操操心，这事儿就指望你了。"

姜老师走后，父母在厨房里说话，斗嘴没闲着。

"你看看人家老姜，这生活不错，神仙般的日子。"父亲说："你看，这当初呀，要我说……这都是人的命呀！"父亲意味深长地说。

母亲不说话，只是她手里的勺子摔得哐哐叫，更响了。

◀ 一块橡皮
....

八年级的教室里，张晓荣正在全神贯注地写作业，突然听到教室外班主任喊她出去，她便快速放下手中的铅笔，在同学们羡慕的眼光中走出了教室。张晓荣今年十四岁了，上课回答问题积极，学习成绩很好，是同学们学习的好榜样，老师也经常在班里夸奖她。在这次竞选班长中，她得票与任强强并列第一，很有可能成为班长，当然，她有这个自信。

回到教室的时候，张晓荣发现自己的作业本好像有人动过，自己的橡皮不见了——那是昨天刚买的一块新橡皮。她以为把橡皮放在文具袋中了，可是打开后却没有找到，她又翻了翻可能放的地方，还是没有找到，这下她急了，橡皮不可能不翼而飞啊？肯定是谁拿走了。她一边用手随意翻动着书桌上的书，一边用余光扫了下周围的同学，突然她发现后排的任强强也在观察她，而且表情很不自然，一看张晓荣在观察他，他马上低下头，把头转向另一边。应该是任强强，张晓荣心想。

任强强是这次竞选班长中她的强有力对手，他成绩虽然不是特别好，可是他有人缘，性格开朗，组织能力强，还经常与学生打成一片，这次选举中与张晓荣都得了46票，并列第一。他肯定看班主任找她谈话，心里面存妒忌，就偷拿橡皮进行报复，这都是什么人呀。张晓荣想揭穿任强强，可毕竟没有找到证据，只好作罢，但她想好了，她要是找到了证据就一定当场揭穿他，因为她的橡皮有记号，橡皮下面写有一个小小的"荣"字——估计任强强发现不了。

张晓荣想起了刚才班主任问她的话，让她对任强强作一下评价。其实，她本来想说任强强的一些优点，可是两人毕竟是竞争关系，就说了很多缺点，还意味深长地说了一句，一定要选取优秀的学生当班长。她想，幸好她没有说他的优点，这个任强强就是有点不规矩，爱说话，还爱搞小动作。她对班主任是这样说的：任强强成绩一般，而且爱动别人的东西，不遵守纪律，上课老开小差，如果他当了班长肯定难以服众，她还添油加醋地举了一些例子。优点呢？她想不起来了，可能没有说吧。不过平心而论，他特别爱团结同学，班级荣誉都是放在第一位，只要谁说班级不好，他马上和你打起来。

突然，她想起了班主任让她传的话，就对任强强说，班主任让你去他办公室。她装作若无其事的样子，恶狠狠地盯住了任强强的脸。任强强出去后，张晓荣就用眼睛一遍遍地扫他的桌子，可是没有发现什么。她随手拿起了他的文具盒，里面除了几支黑色中性笔之外，就是一些纹身之类的小贴画，她没有找到她的那块橡皮。到底橡皮去哪里了呢？

　　过了一会儿，任强强回来了，他对张晓荣报以微笑。张晓荣心想，你个小偷，假惺惺地装什么啊。不过，她还是礼貌地对她笑了一下，算是回应。

　　那天，张晓荣没有找到她的橡皮，脑子里乱得很，准备再去买一块新的，下楼的时候，她看见了从对面走过来的任强强。本来想躲开，但任强强先说话了："我告诉你一个事儿，班主任问我话了，他问了我对你的评价，你猜猜我怎么说的？"

　　张晓荣没说话，现在她满脑子里都是橡皮。

　　"我对老班说，你团结同学，以身作则，开朗大度，肯定会成为一个好班长，提前祝贺你啊。"任强强笑着说。

　　张晓荣不知怎么说了一句："你个小偷，偷我的橡皮，便转身走了。"她现在真有点恨他了，从骨子里头恨。

　　任强强一下子愣在了那里，一动不动，好久没有说话。张晓荣像打了一场胜仗似的，昂着头，像一只斗胜的老母鸡，快速地走了。

　　第二天，班主任仍然没有宣布班长的最终人选，他问："谁的橡皮落在了办公室？"

　　张晓荣一听，她想起来了，昨天班主任喊她的时候，她走得急，把橡皮也拿走了，没有想到却落在办公室里了。她想起了对任强强的种种误解，心里很不是滋味，自己太多疑了，怎么也不能怀疑他啊？他怎么会偷一块橡皮呢？

　　我一定要向他道歉，可不能因为一块橡皮毁了两人的友谊啊！张晓荣也想好了，她真不适合当班长，她要把班长让给任强强，自己身上的缺点太多了，很多地方都要向他学习呢。想到这，她向任强强走去。

◀ 新华字典

我 10 岁那年上小学三年级，老师告诉我们买《新华字典》，说这样可以提高我们的识字能力，班里除了我大家都买了一本。我也渴望能拥有一本属于自己的字典可以查字，我脸皮薄，再也不用张嘴向别人借。

但我不敢告诉娘需要买字典的事，我知道，一本字典要花钱，钱不多，可是家里本来就不宽裕，再说，奶奶生病了，这钱就显得多了。我想了一个办法：就是在星期五借同学的字典来抄，到星期一再还给他。我硬着头皮要这样做，也只有这样了。

那时候家里还没有用电，用的是煤油灯，火光一晃一晃地闪着我的眼睛。我听见娘让我早点睡觉的声音，她希望我学习好，但更担心我的身体。

我说："娘，作业马上就写好了，这就睡。"

不知道什么时候，我的眼睛不听使唤了，我困得一头趴在桌子上，把墨水瓶做的煤油灯碰倒了，煤油洒了一桌子，字典上弥漫着煤油的味道。

我拿着字典哭了。

娘一把抓住我的手："你看，这伤着了吗？"

我赶紧抽回了手，装作没事说："没伤着，只是字典不是我的，上面脏了，有油。娘，那是借小林的……"

"没伤着就好，"娘说，她叹了一口气，"以后小心点，早点睡，明天娘去给你买去。"

"不要紧，我给他赔礼道歉。"

"不行，咱弄坏要赔的。"

第二天天刚蒙蒙亮，我看见娘挎了个篮子，里面装着刚从菜园里摘的番茄，那是我家平时吃的菜。她安排我说："小鹏，饭已经做好了，我去镇上了，你在家好好照顾奶奶。"

一整天，我一个人照顾着奶奶，心里担心着娘，希望她早点回家。月亮升起来的时候，娘还没有回来。我一个人顺着将军寺沟走，走到村东头的那个桥边，向远方望去。娘回来一定会走这个桥的。等了好久，我看见娘披着月光，挎着篮子回来了。

"娘，你怎么才回来啊？我都担心死了。"我赶紧走上前去，接住了篮子。

"别担心，孩子。是这本《新华字典》吗？"娘从篮子里拿出一本字典，红红的封皮，上写着"新华字典"几个字。

我拿着字典，一句话也没有说，却哭了。

娘的头发湿了，沾在了一起，有汗。我拉着娘的手，我能听见她气喘吁吁的声音。

娘讲述了今天的事。娘说："这年头番茄怎么这么不好卖啊！最后，把价格降下来才有人买，可一直到中午才卖完，等拿着钱去书店时，老板却说字典都卖完了，我一听，这可怎么办？幸好老板是个热心人，告诉我除非去县里的书店碰碰运气。"

我跟在娘身后，月光将我们的影子拉得好长好长，她在前面走，我在后面跟，不知名儿的虫子在嘤嘤乱叫。

娘停了一下，又接着说："我用了一个多小时，走到县里都五点多了，书店都下班了。我想孩子，你不仅需要一本字典，而且还有一个物归原主的承诺。经过多方打听，我才找到店主，可他说下班就再不营业了，让我明天早点去。我一听急得都快哭了起来，告诉他是孩子把小伙伴的字典弄损了，明天就要还了，我今天步行三十多里才到县城。如果明天的话，我今晚还要走回去，明天还要再走三十多里路……"

我真后悔夜里自己那么不小心，让娘吃了这么多的苦。我对娘说："娘，都是我不好，都怪我。"

"孩子，你没有错，千万别这么说。你看看，世上还是好人多。店主没有吃饭就骑着自行车给我开了书店的门，让我早点回家，还鼓励你好好学习。孩子，是这本字典吧？"娘温柔地问说，站住了，等着我回答。

月亮已经升得很高了，月光像将军寺河的水一样亮，柔柔的。我贴在娘的身边，那一夜我发现我突然间长大了。是啊，我都10岁了，是个小男子汉了！

◀ 大　师

鬼子进中原的那一年，将军寺一下子来了几个逃荒的外地人。大家躲在里面，讨论着即将要到来的战争，流露出对未来的一种恐惧，不知道接下来要怎么办。

有一个高鼻子老人说："鬼子可厉害了，杀人不眨眼，一刀就死一大片。"

"还得赶紧逃，听说又要打到这里了。"一个脸上有痣的少年说。

几个人随身带的食物吃完了，就想到了身边的和尚。和尚有吃的东西，他拿出来馒头分给他们，几个人接过馒头，也不客气，但心里还是有点感激的，大家就着水，开始慢慢吃起来。

高鼻子老人问和尚："你怎么做起了和尚呢？"他很好奇这个问题。

其他人也一下子有了精神，瞪大眼睛听，看和尚如何回答。

和尚停了一下，嘴里的馒头不嚼了，他慢慢地说："还不是这该死的鬼子？本来我也有寺院，可是鬼子来了，烧了寺院，方丈和几个师兄都被鬼子杀死了。"

"你还没有告诉我为啥当和尚呢？"高鼻子老人说，有点打破砂锅问到底的味道。

和尚眼前向前看了一下，前方是一片田野，麦子青青的，刺着你的眼睛，非常惹人喜欢。他有点茫然的样子，叹了一口气说："三年前媳妇被鬼子杀死了，我就做了和尚，可是鬼子又来到了寺院……"

大家吃着馒头，望着和尚说："是啊，这什么时候是个头呢？"

"和尚还有媳妇，你说他媳妇漂亮不漂亮？"脸上有痣的少年说。

几个人听了，痴痴地笑了。

和尚一身旧僧衣，拜了拜那尊残旧的佛像，大伙听不懂他说着什么。和尚转过头，大家停止了谈笑声。高鼻子老人笑了，开始称和尚为大师，他说："大师，咱们能打赢战争吗？"其他几个人一听喊他大帅，都会心地笑了。

现在大伙吃饱了，也终于找到了趣事，紧张的气氛轻松了许多。

和尚说："时机未到，定会胜利。"几个人听了，嘴一咧，又笑了。

"大师，你应该去给鬼子讲些道理去，他们就不杀人了。"高鼻子老人哈哈地笑了。

"阿弥陀佛。"和尚做了个双手合拢的动作，便不再说话，他取出一个馒头，有点噎，打开身上所带的水，一滴也没有了，他不得不深咽了口唾沫。

一小队鬼子对村子进行扫荡，到了那个寺院，看见有几个人，准备杀死他们。大家吓得不敢出声，心底咬牙痛恨。

龟田小队长见有一个和尚，就兴奋地说："中国和尚不吃肉不喝酒，不知道是不是真啊？"他看见这几个人衣衫褴褛，一副饥饿的样子，便拿出了酒肉，摆在了寺庙门口。龟田小队长说："只要和尚吃了肉，喝了酒，我就放了你们，否则，就死拉死拉地。"

和尚摇了摇头说："出家人不吃酒肉，佛祖的规矩决不能破。"

高鼻子老人说："和尚，你赶紧去吧，我们的命可掌握在你的手中了。"

和尚摇了摇头，不肯去。

脸上有痣的少年开始骂他："不就是吃个肉吗？又不是要你的命。大家说，是不是？"

"酒肉穿肠过，佛祖心中留。"高鼻子老人劝道。

过了好长一会儿，和尚对龟田小队长说："只要你放了他们，我就陪你喝两杯，你要说话算话。"

龟田小队长笑了："中国和尚，要西。"

龟田小队长已经举起了酒杯，和尚也举起了酒杯，停在了半空中，和尚想了想说："那我怎么能相信你呢？你得先让他们走……"

几个人感激地望着和尚。

高鼻子老人和几个人慌忙离开了将军寺，他们没有忘记看和尚一眼，和尚目光坚定，没有一点惧色，确实像个大师。和尚望着他们说："你们快走吧，日后定会相见。"

几个人就逃离了虎口，没有了危险，心里很轻松，又开始有说有笑了。

高鼻子老人问大家："你说那个大师是真的吗？"

脸上有痣的少年说："哪有和尚怎么说吃肉就吃肉呢？真没骨气，应该是个假和尚……"

大家越讨论越开心，什么都忘记了，麦子的青色铺满了前方，鬼子的身影已经淡出了他们的视野。

不多一会儿，身后的将军寺传过来一声狼哭鬼嚎的声音，像龟田小队长的，接着是一阵慌乱声，争斗声，紧接着一队枪声，他们听得出，那是和尚的惨叫声。几个人心里一阵紧张，停止了讨论，不由得站住了，向将军寺回头望去。

"这和尚杀了队长，快，快包扎下。"鬼子们喊叫着。

几个人想着再也见不到大师了，心里湿漉漉的。

高鼻子老人站住了，回过头来，咬着牙齿说："这该死的鬼子，我们要杀死他们。"

"走，我们回去，大师是为我们死的，我们要杀死他们。"脸上有痣的少年抹了一把眼泪说。

大家都攥着手，朝向将军寺方向，坚定地说："我们要杀死他们，让他们滚出我们的故乡。"

夕阳吐着血色的花瓣，洒在将军寺的上空。

◀ 三老太爷

　　三老太爷是将军寺这一带的说书先生，方圆几十里很出名。那时家里很穷，没有吃渴的东西，全凭三老太爷的一副嗓子，家里吃喝不用愁，他也成了我们家的顶梁柱。

　　将军寺村的村长，家境殷实，喜欢听大鼓书，三老太爷经常去他府上说书。村长姓张，有一个 20 岁的姑娘，姑娘漂亮，人长得水灵，比将军寺河的水都清秀，非常喜欢听三老太爷说书的声音，尤其是《西厢记》。三老太爷经常去村外说书，到了哪个村子总要待上一两天，村长家的姑娘有时候都要跑几十里去听。三老太爷态度温和，对谁也不会说冷脸子的话，有了说书这个绝活，加上一副好嗓子，赢得方圆几十里姑娘们的好感，可是，三老太爷都一一拒绝，他到底看上谁了呢？大家都说他心高着呢。

　　1940 年，日本鬼子占领了县城，一夜之间将军寺弥散在一种恐怖的氛围之中，大家对未来充满着一种担心。可是，三老太爷并不惧怕，他看到别人忧愁的样子，就说："俺只说俺的书，又不做别的事，谁又能咋住俺？"

日本鬼子来到了我们将军寺村，还带领着几十个伪军，个个凶神恶煞，跟一条疯狗一样，见到东西就抢，见到人就咬。如果谁敢说个不字，一律都死拉死拉地，吓得将军寺的人都大气不敢出，有的连夜逃走了。鬼子到了村长家，村长只得小心地伺候着，两天的时间，村子里的鸡、羊都被吃光了。大家对鬼子咬牙切齿，就商量着怎么样去除掉小鬼子。

鬼子山本队长喜欢中国的传统文化，敬畏民间艺术，他听说村里有个说书先生，就对村长说："一定要让说书先生说一曲。"村长便去找三老太爷，三老太爷却断然拒绝了。

"我坚决不给日本鬼子唱，这小鬼子太可恨。"三老太爷摆弄着他的大鼓，头也不抬地说。

村长连请了三次，三老太爷还是没同意。后来，村长有点生气了，不过他拿三老太爷一点办法也没有。

村里的人慌了，害怕鬼子继续留在村里，村长更害怕，如果哪一点对鬼子照顾不周，说不定小命就没有了。大家商量对策，有人就建议村长承诺把女儿嫁给三老太爷，说不定他就同意了。当然，村长也知道女儿喜欢三老太爷，他自己对三老太爷也很欣赏，再去找三老太爷的时候，就把想法告诉了三老太爷。

三老太爷一听，大鼓书的坠儿敲得更响了，非常高兴地说："村长说话可算话？"

"当然说话算话，我张某人从不食言，只要你去说书回来，我们就选个吉利日子就把婚事办了。"村长又说了一遍，那架势很认真的样子。

村长家的姑娘知道了，死活都要先嫁给三老太爷，圆了房再让三老太爷去，可是村长坚决不答应，因为他知道这一去不知能不能回来，他不想让闺女年纪轻轻地守寡。

到了晚上，乡亲们把三老太爷送到县城边，三老太爷带着大鼓，拉上鼓子架，独自一个人去了。村里人看着他渐渐消失在夜色中，将军寺河的流水呜咽起来，有人开始不住地叹息。

第二天早晨，让大家吃惊的是，三老太爷平安地回到了村子，但是他的腿却残废了。三老太爷微笑地道："我杀了鬼子队长……"

村长的额头拧成了疙瘩，瞪大了眼睛。

三老太爷问村长："你答应的事还算数不？"

村长说："算数，但是……"

"我有钱，这些年我攒了些钱，全当聘礼。"三老太爷掏出了一把钱递给村长。

村长没接钱，冷冷一笑说："不过你的腿残废了，我总不能把我的闺女嫁给个残废吧，你得明白，闺女的后半生不能这样没了，我这当爹的要为闺女负责。"

三老太爷大笑三声，村头的斑鸠都吓飞了，他头也不回地走了，一拐一拐地离开了村子，离开了将军寺河。

鬼子到了村子，抓住了村长，还奸杀了他的女儿。村里人恨三老太爷，更恨日本鬼子。县城解放后，鬼子也被赶走了，三老太爷这时也回来了，他还在说书，不过他只说《单刀赴会》，每次动情时都大哭起来，谁劝也劝不住。再后来，三老太爷没有结婚，他一个人过了一生。

我爹于 1957 年出生，那时三老太爷刚 40 岁，对爹非常好，就像对待自己的孩子一样，经常抱着爹教他说书。三老太爷后来得了病，临死前他对爷爷说，记得把他埋在将军寺河边。

今年清明，我回老家祖坟给各位祖先烧纸，爹一一介绍说："这是你太爷的坟，这是爷爷的坟……咱们还要到将军寺河边，还有你三老太爷的坟呢。"

我说："三老太爷？我知道，以前听爷爷说过，他是一个民间说书艺人，听说还杀了鬼子，一次战斗中还把自己的腿伤着了，说的是他吗？"

"是他，就是他。"爹说。"他杀了鬼子小队长呢，后来离开了家乡，加入了共产党，还经常传递情报。"爹不说话了，四周一片沉默。

三老太爷的坟边杂草丛生，我抬头向对岸望去，发现对岸有一片坟茔，与三老太爷的坟只是一水之隔。我问爹："这对岸是谁的坟？好长时间没人上坟了吧？"

"听说姓张，曾是将军寺的村长。鬼子真残忍，在扫荡时杀了他全家，还奸杀了他闺女……后来，村里人帮忙把他们一家子埋葬在那里，他没有后啊！"

爹接着说："不知为何，你三老太爷死时坚决要求就埋在这里，竟然不进祖坟，真不知道他为啥要求埋在这里。"

青青的水，青青的草地，连天空也青青地倒映在将军寺河中。四月的微风吹过来，将军寺的河水波光粼粼，一圈一圈向远处荡去，我擦着潮湿的眼睛，向两位老人的坟边走去。

◀ 饥饿的狗

说实在的，我最怕枪声，只要枪声一响，我便呼拉一下逃跑，生怕子弹打在我身上。可是，这几年枪声太频繁了，我也慢慢适应了这种生活，这有啥办法呢？

那时候，我还生活在平原地带，将军寺村子里食物也好找，村子的人也很友善，经常有食物吃。我很怀念那里的生活，我的生存环境可好了，也从不与其他同类争得你死我活，过得很舒服。可是这两年，无论白天黑夜，枪声太多，大大小小的战争太多，将军寺村子里人有的被杀了，有的逃跑了，我也没办法，也逃到一个小山林中。虽然山林里枪声稀少，但是食物却很难找，尤其这段时间，很多小鸟都聚集到了这里，我的处境也越来越难！

已经有两天了，我没有找到食物，我迷糊着双眼趴在树丛里，不敢动。我想起了刚刚死去的伙伴，我不敢轻易走动，树林里到处凶猛的小动物，我怕一不留神就会成为别人的食物。

枪声响了一天一夜了，这里是山林深处，很少有战争，不知道怎么这几天突然却打了一天一夜，最初声音比较密集，可现在只有稀稀拉拉的几处了。越是最危险的地方，越有值得冒险之处，我想看看有没有食物可以吃，我怕飞过来的流弹打中我，这就亏大了。我清楚地记得，我的同伴在找食物的过程中，被一个飞过的流弹打着了，再也没有醒过来，我害怕这样睡去。

我轻轻地爬过去，生怕打扰了鹰，因为被鹰群发现的话，我的食物会被它们抢走。如果再找不到食物，我感觉可能撑不到今天中午了。我在一处密林处停下，我嗅到大量浓烈的血腥味，很多人类的尸体呈现在我的眼前，我数了一下，足足有二十个，不过是分属不同的种群，用人类的话说应该是不同的国家，他们横七竖八地躺在那里，好像等待着我的到来。

我躲在一棵树后，生怕有人放枪打到我，寻找着时机，我看见只有两个人还活着，一个人握着刺刀，一个人举起一把长刀，他们对视着，眼光凶凶的。

"小鬼子，赶快投降吧。"男人的一条腿已中了一枪，但他意志很坚定，手里举起刺刀，一点也不害怕，大声地说。

一个鼻子下面长着小胡子的日本人，凶神恶煞，嘴里吐着粗气，和我们狗的样子差不多："八格牙路。"

人类多么残酷啊，相互斗争何时止呢？我有点不忍心看到这种惨景。

瘸腿男人并不退却，他要去杀对方，他大声地喊叫着："你赶紧滚出我们的家乡。"

家乡？我也想起了我的家乡。曾经我住在一个村子里，和我的伙伴们经常围着村子跑来跑去，那时主人经常喂我吃喝，可是没多久，很多像小胡子一样的男人就过来了，他杀了我们村子的人，抢了我们村子的东西，还杀了我好多的同伴，幸好我逃得快，否则早就成为他们的腹中餐了。我现在还怀念我们的幸福生活，可是再也没有了。

我眼里闪着一丝希望，终于有食物了。我静静地等待他们杀死对方，我已经有点迫不及待了。我咽了一口吐沫，眼睛里闪出一点兴奋。

小胡子男人也摇摇晃晃，他明显地受了伤。我不明白两个人有什么深仇大恨，非要你死我活。难道小胡子男人没有家乡吗？他为什么千里迢迢地来到我们家乡、抢夺我们的地盘呢？而且还杀了那么多无辜的人？我想不明白。

开阔地带的血腥味越来越重，有几只鹰已经耐不住了在上空盘旋，我的鼻子也感受到强烈的香味，不自觉地向前走去，只有六米的距离了，我呆呆地盯着他们，并慢慢地向前移动，无数次血腥的场面让我学会了坚强。可是，我敢说动物在争夺猎物时，也没有人类这样疯狂。

瘸腿男人把刀刺向了小胡子，可是小胡子男人没有躲过那种刺刀，我听见小胡子男人倒地的声音。瘸腿男人也被小胡子男人的刀刺中了心脏，不过，瘸腿男人大笑的声音震得我的头都大了，他高喊着"保家卫国"，我看见他死得很壮烈，为了保家卫国，他献出了自己的生命。

一群鹰呼啦地飞了起来，我顾不上那么多了，大叫三声，汪汪汪，我对别的动物宣称，这是我的猎物，赶紧扑了过去。

那个瘸腿男人眼睛睁得大大的，我望着他，说不出来的一种敬佩，他为了保家卫国而牺牲，我不能吃他的肉，因为他是一个英雄，是一个值得我敬仰的人。我转过身子，一口咬住了小胡子新鲜的肉，因为他不是人，还不如我们畜生呢。我要大口大口吃，把这不如畜牧的东西全部吃掉。

◀ 吃人的碗

在看电视寻宝节目时，老大紧紧盯住电视上的一只碗，他把爹拉过来问："咱家是不是也有这样的一只碗啊？"老头子仔细一看说："咱们家确实有这样的一只碗，不过颜色比这还要老些。"老大蹦了起来，高兴地说："爹，那咱可发了，你看电视上说，这碗值两百万呢。"

他们便回到老家，可爹嘴一咧说："以前给猪喂食用了，在哪里呢？找找看吧。"大家分头去找，总算在压的树枝下找到了。老大将碗抱在胸口，兴奋了好长时间，那可是个金碗呀，大宝贝，大把大把的钱像进入他的口袋，他连做梦都是笑醒的。

老大一家子带着老爹从城里回来，老二就赶过来看，当他听说老爹有一只碗值两百万元时，也瞪大了眼睛，真的吗？老二媳妇眼睛一转说："爹，中午去我家吃饭吧。"以前老二媳妇看见爹就烦，现在看见爹感觉什么都顺眼了。吃午饭时，老二对爹和老大说："这碗卖了钱，也要有我一份啊！"老大听了沉默了一下，没说话，他看着爹，爹说："要我说，都有份，都有份，你们各占四成，我留下二成养老。"爹、老大和老二喝着酒，好像手里都拿到了钱，比过年还要高兴。

爹和老大回到城里，爹对儿子说："儿子，咱们先鉴定一下吧，要是假的咋办？"他们找到鉴定专家，吓了一跳，专家说这只碗是唐朝的，至少也得三百万元。老大就打电话告诉老二这个消息，可把老二乐坏了，忙问，什么时候能拿到钱啊？老大说："爹还不想卖，想再留几天。"老二说："也应该的，毕竟是宝贝啊，不过要保存好，千万别弄丢了啊！"

太阳升得老高了，照在将军寺村的上空，金色的阳光洒满了将军寺河。老二媳妇看见老二还在床上睡着，催老二下地给小麦打除草剂，就生气地说："怎么还睡觉啊？今天打除草剂呢。"老二说："不急，咱都有一百二十万了，以后吃渴再也不用愁了，不用种地了。"老二媳妇听说那口碗值三百万元，话也在理，就没说什么，于是两人就睡起了大觉。由于没打除草剂，草长得到处都是，村子里人都说，再不打打除草剂，小麦可要大减产啊，老二两口子像没听见似的，满不在乎，就像是别人家的地，不管了。

老大原来为儿子结婚买房子的事发愁，可自从有了这口碗，钱一下子就凑够了，压力瞬间没有了，他想着这辈子钱是花不完了，非常开心，在公司上班也不认真了。有一天，他上班故意迟到，领导说了他两句，让他下次早点去，他一怒之下与领导顶了嘴，还竟然辞职了。反正也不缺钱了，不如好好在家歇歇。他说。

爹见老大一直在家待着，就问老大怎么不上班了？老大说：

"爹，咱有钱了，还上什么班啊？我辞职了。"爹说："有了钱，也不能这样过啊？"老大却说："以前在单位真不是人过的日子，还得看别人脸色，以后咱也当爷，再也不当孙子了。"老大天天买个小菜，喝个小酒，日子很快活。爹看着老大，心里说不出什么滋味。以前，老大在公司上班勤奋努力，工作踏实，一个月能挣三千多元呢，在小县城生活也不错，比上不足，比下有余，可现在竟然不上班了，还天天喝起小酒来了，这可怎么好呢？

爹心里难受，就回老家了，他经过老二家的麦地时，草长得都超过了小麦，这可不像老二种地的方式啊。他知道，老二没有什么大本事，但种地还是上心的，施肥、灌溉和除草哪一样也不落在别人后面，可是，现在地里怎么那么多的杂草呢？

老二和媳妇正在看电视，看见爹回来了，赶紧说："爹什么时候回来的？"他拿出一盒二十多元的烟让爹吸，爹瞪着老二，以前老二连五块钱的烟都不舍得吸，现在怎么这么大方呢？爹问老二的小麦怎么回事，老二说："爹，还种什么地啊？咱家有的是钱，花都花不完。种地多累啊，天天没白天没黑夜地忙，也挣不了几个钱？不如歇着算了。"老二媳妇也说，是是是。

爹又回到了城里，不吃不喝好几天，他想着自己的儿子一个个地怎么都变成这样呢？他感到一阵钻心的痛，仿佛看见一个碗口大的嘴把老大和老二吞掉。一天，爹对老大说："明天咱们卖碗吧。"第二天，老二也过来了，他们一行人护送着宝贝来到了拍卖行，老大把东西交给了专家。专家摇摇头，说这是假的。老大说："怎么是假的呢？上次你们还说值三百万元呢？专家怕鉴定错了。"他又叫来了另外的几个专家，最后得出结论此碗确实为假。

爹像泄了气的皮球一样，一下子瘫在了地上，嘴里模糊地说自己被碗吃了，害苦了儿子。弟兄两人好不容易把爹弄回家，老大开始骂起来，都是狗屁专家惹的祸，把爹害成什么样子了？老二也说："咋能怪碗呢？要怪也怪自己，心太贪了。"

这件事后，两个儿子总算清醒了，他们开始振作起来：老大通过努力，重新做了个小生意，还算红火，生活也慢慢好起来了；老二承包了几百亩地，种植了特色植物，慢慢也有了积蓄。爹看在眼里，喜在心里。

十年后，爹去世了，爹去世前对老大和老二说，一定要将老家床下的盒子陪他入葬，千万不能忘记。出殡那天，大家突然记起爹的遗言，小孙子就慌张地把盒子从床下取出来，走得急没拿好，只听"哐当"一声，盒子重重地摔在了地上，声音大得吓人，但还好没碎。大家捡起来一看，原来是一只碗——黑乎乎的大碗，他似乎正张着大嘴巴吃人呢。

◀ 宝 贝

这些年，老张出外做字画生意，可谓有声有色，可是一上六十就越发想家，谁让自己恋家呢？他卖掉所有的字画，带上钱财，携夫人一起回到了朝思暮想的家乡将军寺。在家乡，老张天天没事做，他有钱，经常和夫人喝个小酒，与镇上的人聊聊做字画生意的经历，感到很惬意。

一天，老张看见一个二十多岁戴着个破帽子的小伙子，向别人兜售八宝印泥，但很少有人搭理他。小伙子举起一菱形的宝盒说："这个印泥是祖传的，印在字画上永不褪色。大家过来看下，你看这质色，闻这幽香，绝对物有所值。"

老张走过去，拿在手里，打开盒子，一瞬间香气满鼻，又看了看质感，凭多年的经验，他一眼就发现这是个宝贝。老张一遍遍地把玩着，但不想付太多的钱，就压低价钱，小伙子却不同意。

一个六十多岁的老汉跑过来，二十多岁的小伙子转身跑了，老汉一把夺过八宝印泥说："这是俺家的宝物。"

"你家的？啥意思？"老张眼巴巴地瞅着老汉手中的宝物。

老汉一脸说："你别急，俺是孙一多，就是那个逃跑的小伙子他爹，孩子不争气，偷老子的宝贝来卖……"

老张听着，心里酸酸的，感到有点遗憾，到手的宝贝就这样跑了，早知道买下不就没事了。他像失了魂落了魄，他喜欢八宝印泥，脑海中还老想着八宝印泥，有一年，他花重金收购了一幅名字画，却因印章模糊导致价值全无，赔了很多银两。因此，大家都想用不褪色、保存时间久的印泥，这就是八宝印泥，可是制作工艺已经失传很久了，市面上流传的也少，没有想到今天得以相见，他想把这个宝贝要弄到手，怎么办呢？幸好，老孙邀请老张去他府上坐坐，老张愉快地答应了。

老张想，既然老孙人不错，自己也不能丢了礼节，毕竟都是场面上的人。一日，老张就以宝会友邀请老孙去鉴宝。老孙看到了老张珍藏了一幅花鸟图，清中期的，颜色古朴，质感很好。老孙喜欢花鸟图，画上十只小鸟，形态各异，有的飞翔，有的驻足，有的鸣叫，有的沉默，有的躲藏。他一下喜欢上了，就准备买下，就说："你出个价吧。"

"老实说，俺卖掉了所有的宝贝，就剩这一个值钱的宝贝了，这是无价之宝，想要的话，必须用你的八宝印泥换。"

可是，老孙却摇头没同意，看那样子没得商量的余地。

老张见老孙不答应，静静地卷起画，走入了房间，老孙偷偷地记住了老张放画的位置，在堂屋西间的那个大柜下面。

第二天一大早，老孙家传过来消息说："自己家的八宝印泥丢了。"接着又传过来消息说："老张家的一幅花鸟图也丢了。"将军寺一下子炸开了锅，谁偷了这两样宝贝呢？一定要找出来是谁。

可是，老张却不着急，丢过宝贝后像没事似的，他夫人却郁郁寡欢，竟在抑郁中生病去世了。从此，家里就剩老张一人了，没事的时候，老张和老孙经常在一起议论到底是谁偷的，商量对策，久之，两人竟然成了知心的好朋友。

没过几年，老张生病了，而且非常严重，老张没有亲人，也就老孙一个朋友。临死的时候，老张把老孙喊到床边，悄悄地说："俺有个宝贝要送给你。"说着，他指了指大柜后边的一块砖，老孙走到那里，取出砖，竟然有一幅画，打开一看，正是他想要的那幅花鸟图。

"反正也是要死的人了，这个宝贝俺也不能带走啊，就送给你了。"老张有气无力地说。

"你的花鸟图不是丢了吗？"老孙不解。

"是啊，丢了，都怪俺太贪心，老想着你家的八宝印泥，俺偷了你家的八宝印泥啊。"老张叹了一口气，指了指床下接着说："老天有眼啊，那个晚上，俺家也进了贼，偷走了俺的花鸟图。不过，干这行的，都留一手啊，俺把假的放在了明眼处，丢就丢了，反正是假的……"

老孙愣住了，心里咯噔了一下。

"从你家偷来八宝印泥后，俺心里就一直内疚，从没有打开过一次，俺对不起你，俺成了一个贼啊，人做事都要凭良心的啊……不过，现在还给你，对不起了。俺的心算了了一桩心愿。"老张气息越来越弱。

老孙好长时间没有说话，突然他发疯似的说："老张哥，俺也有错啊。从你回家乡的那一刻起，俺就一步步地设计你啊。先是让儿子用八宝印泥吸引你，然后邀你去俺家做客，俺料想你会以诚相待，定会让俺观赏你的花鸟图。你家的那幅花鸟图是俺偷的啊，俺心里一直痒痒得很，趁着夜色到了你家，在那个大柜下面，俺找到了字画……"老孙说着，重重拍打着自己的脑袋。

一阵沉默。

"你保存的那个八宝印泥也是假的，俺也是防止偷，换成了假的啊，没想到被你偷走了，还一直当宝贝珍藏，俺昧良心啊。今天，俺得到所有的宝贝，可丢了最珍贵的宝贝啊……"老孙哭了起来。

好长时间，都没有回音，老孙仔细一看，老张已经咽气好久了。

◀ 烟　嘴

　　"你可别小瞧一个烟嘴，它可是一种象征，这是身份的象征。你用的烟嘴好，说明你身份高；你用的烟嘴一般，说明你的身份也一般。你翻翻历史，英国的丘吉尔、苏联的斯大林都喜欢用烟嘴抽烟。"张三爷举的例子，谁知道是真是假呢？村里又没人研究丘吉尔和斯大林。反正每一次他说起烟嘴，总会有人信，他滔滔不绝地谈起他的那套烟嘴理论，然后又举起手中长长的旱烟袋，上面的古铜色烟嘴很好看，他对大伙说："这可是我国最后一个皇帝用过的烟嘴呢，你们想买也没有了，就剩这一个啦！"

　　刚开始听到这话的时候，大家也去怀疑此话的真假。是啊，你说是皇帝用过的烟嘴，那就是皇帝用过的烟嘴啊，得有证据啊，八成是假的。为这事，将军寺还专门有人去打听烟嘴的来龙去脉呢。有人打听到，张三爷的太爷爷曾在袁世凯府上当过差，这样就没有人去怀疑了，因此他的话也没有一个人不信的。再后来，时间长了，这种疑问就没了，谁会在乎这种事，大家都乐呵着听，乐呵着看了，说是真的，人家爱听，若说是假的，不恨你压根子痒痒的。

在将军寺，凡是说起张三爷，没有人不知道他的。村里有人喜欢喝酒，有人喜欢赌博，他偏偏喜欢收藏烟嘴，换句话说，张三爷别的什么生意不会做，只做烟嘴生意。在将军寺，由于他见的烟嘴最多，收藏烟嘴的时间最长，俨然成了一个烟嘴专家。不过，张三爷的的确确配得上专家这个称号的，在他手中的买卖的烟嘴有一千余个，可他从没有失过手。只要是他看上的烟嘴，绝不会差到哪里去，都有一定的收藏价值。他名气大的时候，省里的烟嘴专家都来向他请教。他却不以为然，别人拿烟嘴来问他，这个古玩值多少钱，他只是微微一笑说："不一个烟嘴嘛？啥古玩不古玩的，大家聚在一起，不就是图个玩吗？值不了几个钱，值几个钱又能如何呢？"

可是村里有人就不只图玩，也有人玩古玩动真格，那就是将军寺村东头李大驴的儿子李小宝，他把家里的钱财都敢押上，经常往南方倒卖些古玩，上当受骗也不是一次两次了，可他还是不改，为这事他爹李大驴没少生气。

张三爷看不下去了，他主动找上门对李小宝说："你所说的古玩这东西可害人啦，那是魔鬼啊，你别再玩了。"说着，张三爷拿出他长长的烟嘴，往里面放了烟丝，开始吧嗒吧嗒地抽烟，烟雾慢慢萦绕起来。

那小子望着张三爷，虽然输得倾家荡产，但嘴就像煮熟的鸭子一样，硬着哩。他嘟嘟着："我做古玩生意，只不过暂时不走运，你知道明天还是晴天吗？一切都会慢慢地好起来。"

"小子，听过来人一劝，别再玩古玩生意了，不好玩，这里面的水深着呢，你不知道。你还年轻，有些事你不懂啊！"张三爷嗒吧嗒地抽了一下，然后吐了一口烟圈，满屋子的烟味，他也弯着腰不住地咳嗽。

李小宝紧盯着张三爷古铜色的烟嘴，看得他心里痒痒得很，那小眼睛一直在转动着。

第二天，李小宝竟然悄悄地离开了村子，与此同时，将军寺还有一样东西丢了，那就是被张三爷视为命根子的烟嘴。这消息一出，大家很自然联想到李小宝，开始大家以为张三爷要报案，可他没有。张三爷只是把自己关在屋里，整整一天不吃不喝，朋友们找他闲聊安慰他，他也闭门不见。

一天后，张三爷开门迎客了。大家都说，张三爷到底是张三爷，你看他，丢了个宝贝疙瘩，他却像个没事的人一样。的确如此，张三爷见了大家依然很潇洒，还是先说起他的那一套烟嘴理论："你可别小瞧一个烟嘴，它可是一种象征，是身份的象征。你用的烟嘴好，说明你身份高……"大家看时，他换了另一个烟嘴，成色远不如丢失的那个。

有朋友就看不下去了，张嘴就替张三爷打抱不平："你啊你，都亏大了，那么好的烟嘴让那小子白白地偷走了？就让他这么占了个大便宜？唉！这么好的一个古玩，真是可惜了，你在这里还真沉住气？"

"这事啊，我都忘记了，你们还记着啊？要我说啊，古玩，古玩，就是玩嘛，估摸着去玩，谁玩不是玩啊？有啥亏不亏的？你看看，都过去这么长时间，你们还是这个样子……"说完，二爷飘然回里屋给客人沏茶去了，留下身后惊叹不已的人们。

西
瓜
熟
了

◀ 方便面

中秋前后，将军寺村就要收豆子了。今年老天却像遇到了什么伤心事一样，淅淅沥沥，天天下个不停。

若在往年，这是小豆子最高兴的时候，每到这时他就能见到爸妈了。小豆子记得很清楚，爸妈回来都在天亮时，爸妈静静地坐在床头，手里握着玩具，微笑着望着小豆子，一看见小豆子睁开眼就拼命地跟他说话。

前段时间，奶奶天天往地里跑，小豆子跟在她的屁股后面，地里的秋庄稼该收了，豆叶变得黄澄澄的。只是爸爸妈妈还没有回来，奶奶的目光呆呆地望着秋天的田野，像失去了什么一样。

前几天，村子里有人听了天气预报，说这几天要下雨，别人家都忙着收秋了。奶奶刚开始不相信，但看到大家都忙，她也开始忙起来。豆子该收了，她不能再等了，等不及了。奶奶弯着腰在前面拿着镰刀忙活，小豆子发现奶奶像一把破镰刀，不快了。奶奶割一会儿豆子，就要停下来歇上一会儿，累得喘不过气来。

我要是有劲多好啊！小豆子心想。他想帮助奶奶收豆子，就使劲地拽了拽豆棵子，豆棵子怎么扎得这么深？还真拽不动。奶奶走过来，到他身边，摸了摸他的头，没说话，轻轻地叹了一口气。他感到奶奶的手温暖温暖的。

果然，就像村里人说的那样，天还真下起了雨，奶奶更加紧张地干活。小豆子看见奶奶着急，他更着急。这雨下得并不算大，但一滴一滴地却把奶奶全身淋透了，现在一大块豆地还早着呢。奶奶没有一点办法，小豆子也没有一点办法；奶奶望着满满一块未收割的豆地，小豆子也望着满满一块未收割的豆地；奶奶身上滴着雨水，小豆子身上也滴着雨水。

雨不像停的样子，雾蒙蒙的。没办法，奶奶长叹一口气，拖着脚步往家走。回家的时候天快黑了。走到村口，村长家的儿子正在屋檐下，看都没有看小豆子一眼。村长的儿子拿着一袋子东西咯嘣咯嘣地嚼着吃，一股诱人的味道钻进他的鼻孔，他深吸一口气，咽了口唾沫。他心里明白，那是方便面，可以用开水泡着吃，也可以直接干吃，可他从来没有吃过。他的喉咙动了一下，又咽了口唾沫，咕咚一声。他赶紧低下头，怕村长的儿子听到从他身体里发出的声音。

肚子实在饿了，又走了一会儿，小豆子忍不住了。"奶奶，我饿，我想吃——"说了半截话，他突然又不说了，憋住了嘴。奶奶走得慢腾腾的，喘着粗气，头发都湿了，奶奶显然听见了，顿了一下说："孩子，明天，奶奶就给你买袋——方便面，让你吃个够。"奶奶显然知道小豆子的心事。

小豆子被窗外嘀嘀嗒嗒答的声音吵醒了，这场雨真是烦死人了，觉都不让人睡安生。窗棂子变得白晃晃的，有点儿刺眼，小豆子知道天已经亮了。奶奶还在睡着，几根白头发在脸上斜耷拉着，身子一动不动。小豆子望着空空的院子，不敢动；又望了望灰蒙蒙的天空，不敢动。他怕惊醒了奶奶，奶奶从来没有像今天这样睡过，他真希望奶奶多睡会儿。奶奶确实太累了。

到了中午，奶奶仍然没醒来。雨水哗啦啦地依然在下，直到邻居钉婶来串门，他才知道奶奶没醒的原因，她是彻底睡着了——不过再也醒不来了。

"你看，大娘还不到七十，就这样走了。"钉婶见了人就掉眼泪。

小豆子以前也见妈妈哭过，有一次妈妈与爸爸吵架了，好像为了挣钱多少的问题，哭得一把鼻涕一把泪的，眼睛都肿了。那是去年秋上的事，转眼有一年了，小豆子再也没有见到妈妈。小豆子好像知道奶奶以后再也不会出现了，不会再跟他说话了，他也就跟着哭，泪珠子啪嗒啪嗒往下掉。他有点恨自己了，早知这样还不如把奶奶叫醒哩，这样奶奶就不会永远睡着了，他在心里埋怨起自己。天空依然在下雨，雨滴故意在院子里蹦跳着，滴滴戳在他心中。

爸爸突然间回来了。村里有人联系了爸爸。三天后，奶奶埋在了地里，就在将军寺河边的一片空地上。响器吹得让人心痛，干草呼啦啦倒了一地，天空压得很低，一片荒凉，将军寺河里的水来回游荡。爸爸把家里的事处理好，合上门，门"吱呀吱呀"

响起来，他"嘭"的一声重重地锁住门。

"走吧，豆子，咱们去城里，有好吃的。"爸爸吸了一口烟，长长地吐了一口烟雾，蹲在地上，眼睛盯着那个破木门。

爸爸提到的城里，肯定是一个特别快乐的地方，否则爸爸和妈妈也不会一直待在那里了。来到爸爸所说的城市，小豆子突然发现，他的眼睛能看到的地方只是眼前，不像在将军寺村的大田野一眼看到了远方。爸爸带小豆子去买吃的，买穿的，买玩的，回来时手里满满的。小豆子站在方便面前好长时间，爸爸拿了一袋，又拿了一袋，小豆子一阵感动。他想哭。

"爸爸上班了，你在家要自己玩，饿了就吃，想玩就玩一会儿，困了就睡吧。"每天早上，爸爸用毛巾使劲抽打着衣服，衣服上荡起了灰尘，然后他就急匆匆地走了。爸爸很忙。

小豆子被关在屋子里了，屋子里黑乎乎的。这时候，他想奶奶了，当然也想妈妈。可是奶奶走了，妈妈也不见了——自从去年回来后一次也没有见。妈妈去了哪里呢？他问爸爸，但爸爸没说。

在屋里实在没事做，他一个人走来走去，坐在床上，站起来，又走来走去。外面一有动静，豆子就跟着忙起来。

窗户外有一只小鸟飞过来，它先是停在那里，抖了抖翅膀，然后就叽叽喳喳地乱叫起来。小豆子突然感觉好亲切，就走上前去，小鸟看看小豆子，竟然没有飞走，只是蹦了蹦挪了个地方，继续用小嘴啄来啄去。他想小鸟是饿了，就找了半块馍头，可当他走上窗台喂小鸟时，小鸟却拍着翅膀使劲地往后蹦了蹦。小豆子赶紧停住，可是小鸟还是"嗖"地一下飞走了。小豆子感觉是自己的错，心里埋怨是自己把它吓跑的，他又失去了一个好朋友，他恨死自己了。

不知道谁家的饭香飘过来，他发现肚子饿了。他找到了方便面，看到桌子上有个开水瓶，想学着大人的模样泡着吃，但他够不到。他开始思考怎么撕开方便面。他的手不知道哪里用了劲，方便面袋子竟然烂了，方便面撒了一地。

小豆子捡了一块儿，放到了嘴里，干嚼着，原来那么香的东西怎么一点儿味道都没有呢？他的眼睛里满是泪，他有点恨自己，感觉自己真不像个小小男子汉——奶奶说过，男子汉不能哭，更不能掉眼泪。

他想把方便面咽下去，可泪水依然趴在脸上，一串一串地流下来。不知为何，他哭得更凶了，身子一颤一颤的，他擦拭了眼睛，向着窗外喊了一声，奶奶——

◀ 搬　家
·················

不得不说，亮子是一个非常优秀的士兵，当兵的第三年，部队的首长把亮子留下来，不过是在一个偏僻的地方。

和战友分别时，大家都哭了，战友们哭是因为要离开军营了。亮子也哭了，他哭的原因是为什么留在了军营，而且是一个鸟不拉屎的地方呢。

亮子哭着哭着，就开始在心里埋怨起父亲来："当兵有什么好？还要到那么偏远的地方，看样子，这辈子到死也不能回家了。"亮子一想起父亲，就想起那个有风的黄昏。

那个有风的黄昏，亮子才十八岁，风吹着亮子黑黑的胡子，父亲听到征兵的消息下来了，就到河边找到了正在捉鱼的亮子。父亲对亮子说："孩子，在家你也没事，去当兵吧，当兵锻炼人！"

那天晚上，父亲去了支书家，带去了一瓶珍藏多年的药酒——那是用蛇和中药泡出来的，平时父亲都舍不得喝。亮子终于得到了一个名额，体检和政审后，亮子顺利进了部队。虽然亮子文化程度不高，但他能吃苦，表现得很突出，很上进，到复员时，亮子竟然当了士官，并留了下来。

可是，亮子留下来不假，却到了很偏僻的地方，而且一去就是一辈子。从此，亮子回家探亲的时间少了，见父亲的时间少了。母亲去世得早，父亲年龄大了，家里没人照顾，亮子开始担心父亲，想父亲，亮子就想着把工作调回去，可是哪有那么容易啊？

又过了五年，亮子结了婚，有了孩子，亮子终于发现自己离不开这个地方了，可能永远回不了老家——不是不愿意回，就是没法回。这时候，亮子就想着把父亲接过来，父亲头发白了，七十多了，再不尽孝，何时去尽孝呢？亮子给父亲打电话，让父亲搬过来住。

父亲不愿意去，他说："太远了，自己都一把老骨头了，现在去外地住，不习惯。"

父亲年龄大了，家里没人照顾，不愿意到这里来，亮子开始恨起自己。一有时间，就打电话给父亲说话，了解家里的情况，了解父亲的身体状况。

终于有一天，父亲竟然同意搬到这儿来，亮子高兴得要命。他给领导请了假，开车去接父亲，乡里乡亲都来送别，父亲喝了很多酒。父亲说："以后就不回来了，老了，要享几天的福了……"

父亲到了儿子工作的地方，他并不像电话里说的不习惯，相反，父亲天天闲不住，一个人经常到后山上走来走去。亮子看见儿子带兵，儿子真威武，声音嘹亮，儿子真是好样的。父亲看着，眼睛就眯成了一条线，那是发自内心的高兴。

父亲喜欢到外面转来转去，一回来就与儿子不停地说话，说他喜欢这里的山山水水，喜欢上这里的风土人情，真后悔没有早点到来。

儿子很不解，这里有什么好呢？山路弯，水质苦，风沙大，还有……没一样比得上家乡的。

有一天，父亲回来时却说："这地方东面有一片地，我看过了，这里的风水不错，死了埋在那里不错，真的，你爷以前说过，就是这样的地形，我总算找到了。"

亮子努力说服父亲："那里以前可是乱坟岗……"

"我找人算过了，那里风水好，适合我木命的人。绝对的好地方，呵呵。"父亲坚持说。

父亲得了脑梗，突然就走了，在他所谓"好风水"的地方长眠了。亮子一下子没有了依靠，他感觉到更孤独，一有时间就去乱坟岗和父亲说话。

看门的守墓人到了黄昏，看见儿子还不走，就劝道："回去吧，人死不能复生。"

亮子走了，回来看了看父亲的墓碑，很小，在草丛中不起眼，很平凡，就像父亲的一生，静静地来到了世上，又静静地走了。

时间很快，一晃十年过去了。

父亲死后还不能进祖坟，作为儿子更愧疚，亮子终于下定决心，要将父亲的坟迁至家乡，不能再让父亲的魂魄在外漂泊了。亮子一切准备就绪，招呼着一帮人到了墓地。

这时，守墓人却对亮子说："你这孩子，不懂你父亲啊！"

亮子忙问："啥意思？我怎么没有听懂。"

"以前，你父亲哪里也不去，天天来这里，我们一起聊天，一坐就是一整天，他害怕死亡，害怕得要命，死了进不了祖坟怎么办？死后没法与你娘说话怎么办？可他怕你一个人在这里定不下心，就把自己留下来了。这里有一封信，你自己看看吧。"守墓人取出一封信，递给了亮子。

"孩子，我不能让你一个人在外面，还有爹呢。你好好在这里工作吧，为自己，为父亲，更为国家，你放下一切吧。你不要想家了，爹把家搬来了，搬到这里来了，爹会陪你一辈子，一辈子都不会离开这里。"

亮子回过头，望着父亲小小的坟墓，坟墓是那么的小，此时此刻却像太阳一样照耀着，刺痛了他的眼。他再次想起了父亲，想起了那个有风的黄昏。

◀ 家

　　怎么说呢，儿子把汽车停在将军寺村边，孙教授感到越来越紧张，脸上浮出了痛苦的表情。一行人早已在村口等孙教授，村长为孙教授打开了车门，大声地说："孙教授啊，真不好意思，又把您老惊动了。"

　　"没事。"两人的手握在了一起。

　　"迁坟的事——您想好了吧。"

　　"这个嘛……嗯……"

　　村长和孙教授两人一起走在将军寺村的水泥路上。这些年，家乡的变化真不小，如今已铺上了水泥路，家家户户盖起了两层小楼，连天然气都通上了，基础设施也很齐全。孙教授感叹了一番，农村的空气好，交通便利，住着让人舒心啊，怪不得好多人都愿意回老家养老呢。他就曾想过，等过几年儿子结婚有了孩子，自己在老家照顾孙子，那该是多美的事情啊！

　　经过自己家的时候，他只是停了一下，没有回去。现在家里没有什么东西了，只有一个破烂的院墙，有几间破旧的老房子，孤零零地躺在将军寺村落里，与周围的楼房不协调。走了老远，他还是忍不住回头看了一眼老房子，在那所老房子里，他生活了二十年。那时候家里穷，他的三个姐姐都饿死了。他是幸运的，参加了第一届高考，并考上了大学，随后离开了家乡求学，他成绩优异，最后又出国留学，归国后在省城一所大学任教，当上了教授，在外也成了家。村里人有什么忙要帮的，他都积极想办法，他有人脉关系，村里人对他还是尊敬的。父母去世后，家里没什么人了，老房子也无人打理了，慢慢地荒废了。如今能让孙教授惦记的，就是家里的祖坟了。

想着想着，几个人一起走到了坟地。一台挖掘机早就到位了，花钱雇的几个帮手也到位了。村长抬头看了一眼孙教授："孙教授，您看——"

"开始吧！"孙教授说完，他的眼睛开始模糊起来。

轰隆的机器声开始作业，黄土乱飞。这里有大大小小的十五个坟，都是他的骨肉至亲啊！有曾祖父母的，有祖父母的，有父母的，还有妹妹的。年轻的时候，父母还在，他在清明却很少回家，那时总感觉自己忙，可越是到晚年，他越想家，尤其父母去世后，他每年清明都要回家上坟烧纸钱。可是，现在政府建设大型游乐园，正好选在这个地方，说这个地方风水好。他一抬头就看到了城市的边缘，城市即将延伸到这里，过不了几年，家里的那所破房子也要拆迁，他回老家养老的愿望看样子是不能实现了。

在村长的亲自指挥下，挖掘机速度很快，里面的棺材露出来了，他的心里一阵钻心的痛……曾经是鲜活的生命啊，多少年了，静静地躺在地下，如今却不得安静。他闭上眼，再也不敢看了，不住地叹气，他的眼睛有点酸，他揉了揉眼睛。

儿子问："爸，您怎么了？血压又高了吗？"

"我……没事。"孙教授说。

十五个圆圆的坟头消失了，黄土很快又填上了，填实了，变平了，他的心里也被填实了，像灌满了铅一样，却怎么也平静不下来。自己祖坟都没有了，过不了多长时间，也许就是下次回家时，这里将被建筑物取代，他再也找不到这个位置——曾经祭祀过六十年的确切位置，祖辈们长眠一百多年的地方。他不希望哪一天，自己心目中的"祖坟"只成为一个单纯的词语，甚至成为一个模糊的符号，那可是件可悲的事情啊！

孙教授想着想着，手伸了出来，想挽留什么，手却停在了半空中。

不一会儿，机器静止了，黄土静止了，紧接着四周也静止了，大地也静止了。

"爸，这里要建一个游乐园，县里批的一个大项目，征咱的地有补偿，这多好啊！"

"唉——"孙教授长叹了一声，看了一眼正在读大学的儿子，没有说话。他抬头看了看天空，天空中有只小鸟扇动着翅膀在飞，嘴里衔着一只虫子，不远处的一棵杨树上有一个鸟窝，里面有几只雏鸟在叫。

他的泪水止不住地流了下来，滚烫滚烫的，他忙将头扭到一边，怕儿子看见，更怕别人看见。

◀ 如鲠在喉

　　星期天一大早，老瓦婶就摆出了新鲜的菜，这时来菜市场买菜的人比平时多出了许多，到处是菜贩们与顾客讨价还价的声音。老瓦婶忙着给顾客称菜，菜卖得还真快。刚过早晨八点，正是赶集的高峰期，她看见儿子小杰要推出自行车外出。

　　老瓦婶说："今天不是星期天吗？你去哪里？"

　　儿子小杰懂事地说："是啊，不过我今天要去郊区摘番茄，一天可以挣 50 块钱呢。"

　　丈夫去世得早，听儿子这么一说，老瓦婶感觉儿子小杰长大了，知道为家里分担点什么啦。她心里一热，想着儿子就要中考了，不能让他这么浪费时间，于是就说："孩子，不用你去摘番茄，咱不缺那几个钱，你好好读书就行了。"

　　"妈，我和几个同学都约好了，今天还要早点到呢，不能说话不算话，再说，我现在长大了，也可以挣钱了。"小杰说着。

　　"嗯，那好吧，路上小心点，早点回来。"老瓦婶帮着儿子把车子推到路上，望着儿子瘦小的背影消失在人群中，心里很温暖，眼睛也湿润了。

邻居秋奶奶看见了，她说："你家儿子小杰真懂事，还知道利用星期天挣点钱，真让人少操心。"

"嗨，挣什么钱，孩子不闲着就行。"老瓦婶谦虚地说。

"我家孙子小明，都十五岁了，天天就知道玩游戏，不学习，看你家小杰多懂事，你教育得真好。"秋奶奶羡慕着说，手就差竖起大拇指了。

到了晚上六点多，小杰骑着自行车回来了，还带回来了十几个大番茄，说是在番茄园摘的。老瓦婶很心疼孩子，赶忙说："洗洗手，快吃饭吧。"小杰就走进了屋子吃饭去了，小杰饿坏了，一会儿就吃完了两个馒头和一盘鸡蛋。老瓦婶有点心疼孩子，眼睛一热，她赶紧用手揉了揉眼睛，心想，再累再苦这也值了。

老瓦婶捡了几个大番茄给邻居送去，秋奶奶赞不绝口："你家小杰真是个孝顺孩子。"她瞪了一眼在家正在玩游戏的孙子，生气地说："看你小杰哥，多懂事，星期天抽时间摘番茄挣钱，还给家里减轻负担。"孙子小杰嘴一歪，低下头不说话了，一转身跑到外面了。

老瓦婶很高兴，因为每到星期天儿子都要去摘番茄，快天黑时才回来，准能带上十几个番茄让老瓦婶吃，老瓦婶舍不得吃，都分给了邻居，邻居们都夸小杰懂事，是个好孩子。

有一天中午，摊子上豆角卖得快，老瓦婶让送菜的老王再送过一些，可是老王忙没法过来，正好秋奶奶也缺些茄子，老瓦婶就骑着电动车去郊区亲自取菜。去郊区要穿过小杰的学校，老瓦婶骑着电动车经过学校时，远远看见自己家的自行车，开始她还不相信，她停下来，看了看，没错，自己家的车子脚踏板都是红色的。她停下来，心想儿子在这儿干什么吗？

几个学生模样的年轻人走出来，说这里的游戏真好玩，下次还要来玩。老瓦婶听了，心里好难受，原来儿子借口摘番茄来这儿玩游戏吗？她不死心，就在不远处一直等着。一直等到下午五点多，小杰出现了，只见他满脸疲惫，茫然地走出来，骑上自行车就走。经过一家超市时，他停住了，向超市走去，出来时带着十几个大番茄，然后向家里走去。

老瓦婶回到家，看到儿子小杰正与秋奶奶聊天，秋奶奶手里拿着几个大番茄说，夸奖小杰懂事。儿子小杰看见老瓦婶回来了，赶紧迎上去说："妈，您去哪里了？我等你好长时间了。"

秋奶奶也问："今天批发菜怎么这么晚啊？"

"真是不好意思，有点事耽误了。"老瓦婶感觉有点头晕。

儿子小杰说饿了，老瓦婶一边做饭，一边流泪。她想着儿子的做法，自己教育孩子真是失败。做好饭，她就坐在儿子旁边，看着儿子吃饭，儿子狼吞虎咽，看样子好长时间没吃饭了。她强忍着心里的痛，问儿子："你这段时间挣了多少钱？"

"没多少……"儿子支支吾吾地说。

老瓦婶不再问了，这次她彻底地明白了，可是又不能直接给儿子摊牌，她怕儿子的自尊心受伤，也怕邻居们知道了这件事自己脸上没面子。

又是一个星期天，儿子小杰还喊着去摘番茄，老瓦婶坚决地说："不用了，你好好学习吧，妈挣的钱也够你上学的。"

儿子还想说什么，老瓦婶的眼睛有点酸，她转过身去，偷偷地流着泪。儿子小杰再也没说话，乖乖地坐在屋里看书了。

邻居秋奶奶过来了，她看见小杰在屋里学习，就对老瓦婶说："你真会教育，小杰能干活，爱学习，将来肯定有出息。"

老瓦婶盯着秋奶奶，喉咙里像有根鱼刺，想说些什么，但她什么也没说，她的心里是流得满满的泪水。

西瓜熟了

◀ 乡长要来村里

早上八点，村长接到乡办公室主任的电话，说新任乡长中午要来村里检查工作，还特意叮嘱不要铺张浪费，现在都提倡廉洁了，一定要注意。村长挂了电话，心里打起了小算盘：要趁新乡长到来时拉近关系，好好招待乡长，村里的路早该修了。他想起没有招待好上任乡长，本来说好的修路项目最后泡汤了。这次一定好好招待他。

可是要怎么招待呢？村长犯了愁。他想起了以前的事情，以前每次乡长来要么吃将军寺村的柴鸡，要么吃将军寺河里的鱼，还有吃将军寺村的老鳖，可是这位新乡长喜欢吃什么呢？他想了半天，也没有一个所以然来。

昨天刚下过大雨，路上还有积水呢，去赶集也不方便。如果乡长到了还准备好，那不是找罪受吗？村长想。还是来个炖柴鸡吧，反正乡长是第一次来。可是，到哪里弄柴鸡呢？现在柴鸡不如以前多了，一个将军寺村里也没有几只。

将军寺村东头老李头家，他家的柴鸡都有四斤多，大红冠子。村长眼前一亮，快步来到老李头家。老李头还没有吃饭，正喂那只老公鸡。

村长对老李头说："老李，今年的低保户要开始评了……"

"村长，俺家里真穷，你看，没吃的啊！"他摊开两手，指指院子，"今年的低保说啥也要给俺弄上啊！"

"你放心吧，我一定大力推荐你。可是我说了还不算，还要最终等乡长决定……"村长顿了一下，他发现老李头家里很穷，连围起来的院子都没有。

"那咋办？"

"你说巧不巧，乡长中午要来你家考察，乡长的饭还没着落呢！你家的老公鸡不错，乡长就喜欢吃柴鸡。"他盯着那只大公鸡，还没等老李头说话，继续意味深长地说，"老李，你要知道，能不能评上低保户还取决于你自己啊！"

老李头愣住了，他拼命地摇头，表示不同意。他很坚决，忙说："俺家里啥都没有，就这么一只老公鸡，养了三四年了，它就像我的孩子一样，俺舍不得。"

"你怎么这么憨呢？你到底会不会算账啊？一只老公鸡值多少钱？一年低保能领到补助多少？你要好好算算哪！"村长说着就转过身，装作要走的样子。

老李头还是傻傻地站在那里，想说什么，却没有说。

"村西张大娘也符合条件，你不同意，我去找好了！"村长这次转过身，真走了。

还没走两步，老李头连忙追上去："村长，俺同意……不过你可要给俺争取上啊！"

"好！好最！那当然啦！"村长笑哈哈把老公鸡逮走了，他听见老李头在身后长叹了一口气。

村长老婆把老公鸡杀了，她又找了些蘑菇，把鸡块用劈柴炖在锅里，忙活了大半天，满头是汗水。可是，都快一点了中午了，乡长的人影也没见到。村长急了，该不会不来了吧，这都过了饭点了。他望着将军寺村头，转了好几圈，还是没见到人。

村长赶紧办公室主任给打电话，过了好长时间电话才接通。那主任说："我们已经到村里好长时间了，你别急，我们正有事找你呢！"

下午两点多了，村长看见乡长和办公室主任一行人竟然从村里走过来，里面竟然还有老李头。一见面，村长就连忙迎上去说："乡长，饿坏了吧？我们已做好了饭，小鸡炖蘑菇，先吃饭，来，快快快。"

新任乡长很和蔼，笑着说："吃过了，在老李头家吃的。"

村长愣了，心里一阵难受，他嘟囔了一句："他家里穷得叮当响，哪有吃的啊？"

"他家确实啥都没有，是我们自己带的食物。"乡长接着说，"依我说，老李头应该评上五包户，你看他家真够穷的——要吃没吃的，要喝没喝的。还有，你村的路也该修一下了，汽车过不来啊！要不是碰到老李头他们帮忙推车，车子恐怕还陷在泥里呢？"乡长回过头，看了看身后的老李头。

阳光洒在将军寺上空，连风吹起来都有热气。村长听了，脸一阵阵地发红，汗水顺着脸流了下来。他一句话也没说，感到他的心在怦怦直跳。

◀ 男人和女人

把女人娶进家门的时候，男人就不是很高兴。

女人只上过小学，小小的眼睛，个子不高，不爱说话，脸黑黑的，只有那一头黑头发还让看着让人舒服。

尽管男人也是小学毕业，可他就是不喜欢女人，因为什么，男人说不上来原因，反正男人心里就是不喜欢。结婚不到一个月，男人就对母亲说要去北京打工，把女人一个人留在了家里。他想出去挣钱，也想离开不喜欢的女人，躲上一个清静。

女人先是劝男人，但没用，女人就不再吭气，女人咬着嘴唇，泪水在眼里转了好几圈，女人没让泪流下来，可女人的心里却流了满满的泪水。男人想走，女人明白，可她又有什么办法呢？

母亲朝男人的脸上打了一巴掌，可是男人还是一个人离开了家乡，离开了将军寺村，他不想再停下来，怕多在一起，心里一软就想在家，不走了。男人记得离开的时间正是下午。那天下午，将军寺村的天空满是血红，男人想，老天也有伤心的时候，是为我的命运悲伤吧！

男人到底还是走了，谁也留不住他。男人走的时候，连头都没回，男人留下了七十岁的老母亲，还有不满三个月的新媳妇。

男人到了北京，开始捡破烂，在工地搬砖头，到了过年的时候，他不想回家，一是怕见母亲，二是怕见媳妇。在北京打拼时，男人忍受别人不能吃的苦，什么活都干，慢慢积累了一些钱，在北京竟然慢慢也有出息了，后来开始包起工程来。

男人的钱有了，慢慢多了起来，口袋也鼓了，可他却不想回家。一连五年，男人都没有回家。

这五年，女人一个人在家不容易。男人走后，女人一直呕吐，她知道自己有了孩子。女人的肚子慢慢地大起来，在家也越来越忙，她不仅要种地，有时候还要到地里打农药，更要照顾婆婆。婆婆身体不好，经常有病，女人经常挺起大肚子，风里来，雨里去，忙里忙外。女人没喊过苦，只是在夜晚的时候会想男人，偷偷想自己的男人，偷偷地抹那不争气的眼泪。

女人的孩子要出生了。女人死活不躺在床上生，女人咬着牙，硬是没让泪流出来，她是站着生的孩子，她给孩子取名叫"站站"，意思是站着生。女人月子一过，就开始继续忙起来，一点也不亚于一个男人，家里的事，地里的活，还有婆婆和儿子，哪一样也不耽误。有时候，女人忙不过来，她就开始想男人，男人在哪里呢？怎么不回来呢？想了就骂，骂了还想，可没什么办法让男人回来。

女人的孩子一岁多的时候，婆婆的腿摔断了。

女人忙不过来了，她想哭，她开始叹息自己的命苦。村子有人开始劝女人离开家，别管这个烂摊子了，她儿子都不管娘了，你管什么？她又不是你亲娘？

女人笑笑，没说话，一个人默默地干活去了，她心里又流了满满的泪水，只是从不让人看见。

村里有人从北京回来说："见到男人了，男人在北京可有本事了，有很多钱，不过……"

"不过什么啊？"

将军寺村的人没说，怕伤了女人的心。

等女人走了，旁边人问到底怎么了，那人说："好像有了新女人了……"

女人听见了，她心一惊，仍然笑笑，女人不说话，只是不争气的泪水为何往下流呢。

村里人都说女人傻，男人都不要你了，你还照顾他残废的娘干什么？带着孩子走吧，再找个好男人嫁了吧，这么勤快的好媳妇在哪里不能过上好日子？

女人什么也听不进去，仍然日复一日地照顾孩子和婆婆，一有工夫就去地里收拾庄稼。

孩子五岁了，男人终于回来了。

男人是在一个阳光明媚的下午回来的，男人回来得很突然，他本来计划办完事就走。

男人回来的时候，女人并不知道，她甚至都没有听到外面轿车的声音。

女人在院子里忙活着。男人看见女人弯下了腰，正在给母亲换尿盆。女人没有捂鼻子，脸上的表情丝毫没变，非常自然。她把尿盆刚放好，孩子哭了，女人赶紧去哄孩子。

"妈妈，爸爸呢？别人说我是野孩子……"儿子哭着对女人说。

男人听得很清楚，那是孩子在喊爸爸——在喊他呢。

女人说："别听他们瞎说。爸爸给你挣钱去了，明天就回来。"

"妈，你老说明天，可过了好多个明天了，我都五岁了，连爸爸的影儿都没见过。"孩子呜呜地哭了起来。

"你爸爸就要回来了，孩子，听话，要不然你爸就不回来了。"女人劝孩子说。

孩子不哭了，嘴不住地颤抖，女人扭过头，却嘤嘤地哭了

儿子五岁了——这五年，女人既当娘，又当爹；既当媳妇，又当儿子。这五年，女人不仅操孩子，还要照顾婆婆。

男人发现，女人的腰开始弯了，脸上的皱纹也多了，还有满头乌黑的头发竟然有了白发，那头看着顺眼的黑头发不见了。

足足有十分钟，女人都没发现男人；足足有十分钟，男人一动一动，可他心里却极不平静。

男人突然放声哭起了，一把撕了手里的东西——男人的手里握着的是返程的飞机票，还有一张离婚协议书。男人拿出一枚戒指，戴在了女人的手上，抱住了女人，久久地。

男人抬起头，将军寺村西边的天空血红血红的，就像女人的眼睛。

西瓜熟了

◀ 值钱的东西

张大爷越来越着急了，两个孩子都考上了大学，可家里哪有钱供他们上学。借了一天的钱，还是没借够，家里也没有什么值钱的东西可卖，他左想也不是，右想也不是，这可怎么办呢？天黑透了，张大爷才拖着沉重的脚步回家。

两个孩子还在学习。大娃很懂事，看见爹回来，赶快站起来说："爹，累坏了吧。我做了饭，赶紧去吃吧。"说着，他便把饭端了上来，让爹吃。

张大爷握着馒头，他发现今天大娃还特意炒了鸡蛋。他很生气，现在家里缺钱，哪有钱买鸡蛋？

"爹，那是咱家花母鸡下的鸡蛋。"大娃说。"您该多吃点，都跑了一天了。"他接着说，"上午大婶子送来了100元，村西的老奶奶送来了50元，村东的老瓦爷送来了50元，还有……现在一共有500多元钱了。"

"别忘了咱将军寺村的乡亲们。"张大爷对他俩说。

二娃还在写作业，他低声问："爹，钱借来了吗？声音很小。"

张大爷刚夹一筷子鸡蛋，手又放了下来。他静静地望着两个孩子，叹了一口气说："孩子，别怪爹。你妈去世得早，就爹一个人，也没有什么本事。今天去了你三姨家借，她说儿子马上结婚了。你大舅也不在家，只有你二表叔借了爹1500元…"

"爹，总共借了多少钱啊？"二娃急了。

借了1500元钱，加上卖猪的600多元，还有平时攒的800多元，总共有3000元左右。张大爷不再说什么，屋子更加安静，煤油灯照着他们三个的影子，一晃一晃。

"孩子，你们都是爹身上的肉，爹没钱供你俩都上学，让老天爷决定吧。这是两张字条，我找人写了'上学'和'上地'，你俩都挑一个吧。"说着，便把两张字条揉成了一团，放在了桌子上。

二娃快速地把手伸过去。

大娃也把手伸过去，只见他突然脸上放出光亮："爹，我——上——"

二娃很兴奋，他喊破嗓子说："爹，看我，是上学。哥，你是上地吧？"

大娃没了喜色，抬头望了望父亲，又低下头，然后一字一字地说："我——上——地。"

父亲眼里含满了泪，他抹了一把泪水，什么也没有说。

第二天一大早，大娃给二娃收拾好被子，带上馒头，又把爹爹给的3500元交到了二娃手上，送他上学去了。他告诉弟弟，要吃好学好。大娃抱着二娃哭了。

张大爷只是在家里吧嗒吧嗒地吸着旱烟，没有去送。

从此，张大爷与大娃相依为命，他们俩细心地经营着庄稼，卖完粮食，便把钱都寄给了远在城市的二娃。家里缺钱，但他们知道，上学的二娃更需要钱。

二娃毕业后，分配在县医院，又找了个城市的老婆，却很少回家了。大娃都快三十了，还没有找到对象，家里穷，哪家的姑娘愿意嫁给他受罪啊？现在的姑娘都现实着呢。

张大爷现在本来该享二娃的福了，却突然查到得了肺癌。去世时，张大爷说："二娃，你们兄弟俩要多帮衬对方，心别太高。大娃，要看好那个梨木盒子……别感到委屈，爹对不起你，你上……"

大娃与二娃分家产，二娃老婆说要分一半，二娃说："不行，都是父亲与大娃供的上学。"他什么都没要。二娃老婆看中了一个梨木盒子，上面绣着龙凤花纹，趁大娃与二娃不注意时，她悄悄藏起了这个盒子。

刚回到城里，二娃老婆说，家里有个传家宝你们都没看见，我拿回来了。说着，便把那龙凤梨木盒子拿出来了。

二娃想起了爹死之前说过的话，想着有什么值钱的东西吧，他睁大了眼睛，赶忙说，快打开看看。

"这是啥呀？"二娃老婆说，"两个小纸条……上面写的什么啊？上学，看你爹，写了两个上学干什么呢……这咋没有值钱的东西？"

二娃想起了什么，急忙夺过了两张字条。他定睛一看，想起了上学前的晚上，爹给的纸条上写的都是上学。

　　"啪"的一声，他的手打在老婆的脸上。二娃对老婆说："这才是咱家最值钱的东西啊！"

◀ 大眼睛小姑娘

　　老张吃过午饭，照例围着龙湖转。如今儿子去了省城工作，让他去，他不喜欢去享清福，反正退休了，一个人慢悠悠地晃着，也没有什么烦心事了，走走看看，站站转转，真是赛神仙哩！

　　走在龙湖边，荷花很美，一朵朵争着开放，夕阳下，风吹来，荷花香，水波动，舞动老张的心，清静得很。

　　老张沿着河走，眼睛却没闲着，他在寻找一个大眼睛小姑娘。

　　若在往日，这个大眼睛小姑娘早该出现了。她扎着羊角辫，穿着蓝裙子，背着一个蓝色小书包。可是都瞅半天了，她怎么还不出现？老张前看看后看看，还是没发现她，他停下来看荷花。荷花更美了，夕阳下摇曳着荷叶，一颗颗珍珠滑落，呼啦啦地响。那些淘气的珍珠是怎样爬上荷叶上的呢？

　　准确地说，老张并不知道那个大眼睛小姑娘的名字，但他就是想见见她。老张依然记得那个下午，天气特别热，突然下起了大雨。老张赶紧往家赶，可岁月不饶人，年龄大了，走路也慢了。

他腰椎间盘突出，半条腿走起路来不听使唤，看样子要淋雨了。

一朵朵荷花直愣愣地晃着脑袋，现在斜贴在水面上。他挂着拐棍一步一步往前挪，就要过马路时，一辆辆车开得飞快。他不敢进也不敢退，怕车撞到了自己。这里没有红绿灯，面对着这些丝毫不减速的车，他犯了难，这可怎么办呢？雨滴不由分说，哗哗地下了起来，他身上慢慢地淋湿了。

头上的雨一点点却停了，一只手挽住他的衣角。他扭过头一看，一个小姑娘高高举起一把伞，忽闪着大眼睛望着他。大眼睛小姑娘没说话，只是笑，他正要说"谢谢"的时候，大眼睛小姑娘已经跑了。他恨自己，为何没道谢，为何没问问小姑娘叫什么名字，家远吗？为何不邀她到家休息一会？他手里握着那把黑伞，不知道要说些什么，大眼睛小姑姑不见了，他还站在那里。

那场雨停了，他的心里却下了一场大雨，伴随着那忽闪忽闪的大眼睛。以后的每一天，每当他走到龙湖边，他渴望那个大眼睛小姑娘出现，可再也没有见到。大眼睛小姑娘去了哪里呢？怎么找不见了呢？如今这已过了二年了。二年了，小姑娘是什么样子的呢？是不是长高了？她应该长大了，也许早忘了曾经帮助的这个老人了，可他一直忘不掉。

这个老人叫张丰年，将军寺村的人都知道，他是一名退休老教师，曾经是一个名师，培养出了许多清华北大的学生。他的儿子现在是一个房地产老板，也是当地的慈善家，为城市建设投入了很多资金。

老张知道过不了多长时间，他就要离开人世，他不想留下遗憾，想找到那个小姑娘。儿子、媳妇、女儿都回来了，他就是咽不下最后一口气。儿子就趴在耳边问："爹，您还有啥遗憾？"

老张说不出话，眼睛死死地盯着墙，儿子顺着他的目光望去，那里挂着一把黑伞。儿子说："是伞的主人吧，我要找到主人送给他。"老张闭上眼睛，就这样走了。

儿子说到做到，等丧事一过，就利用报纸和电视台发寻物启事。三天后，一个小姑娘来了，依旧不说一句话，只是指着那把黑伞。儿子明白了，失主来了，但他怎么也没想到竟是个小姑娘，有十三四岁的样子。大眼睛小姑娘不说话，很羞涩，忽闪忽闪着大眼睛。

儿子原想着这把伞是父亲情人的，他没想到原来是一个小女孩。他说着感谢的话，大眼睛小姑娘拿着伞走了，儿子突然忘记父亲的遗嘱里要送给她一笔钱。他马上追出去，大眼睛小姑娘已不见了。他追到龙湖边，荷花正怒放着，开得正美，一朵朵向着天空展现着绿，可是大眼睛小姑娘不见了。

他同样又发了一条广告，报纸、电视台登出了消息说寻伞的主人，并要她送十万元钱。这件事之后，来了很多人来认领钱，他知道这些人不是。儿子把他们一个个赶了出去，只是大眼睛小姑娘再也没有过来。

难道大眼睛小姑娘没有看到吗？儿子总是想不明白。他一直在等着她的到来，永远在等。

◀ 偷　鸡

小林不敢白天回家，怕将军寺村里人嘲笑他。

在将军寺村子外，他一直坐到半夜，寂静的夜空下，连星星都簇拥在一起，他真想家，真想娘了。他低着头，走向熟悉的村子，走向回家的路，他听到将军寺河桥下的流水在流淌，感到一切还是那么亲切。

轻轻地走过张大娘的家门口，院子没有围墙，小林看到了一个鸡窝，但他不敢多看，仿佛有人在背后盯着他。他走得很快，突然听见院子里传来一声鸡叫，他想着有动静，会不会有人偷鸡？待他回头看时，什么也没有发现。可他不敢在此停留，便赶紧加快了脚步，半个月前，就是因为偷张大娘的鸡他被抓进监狱，还被罚了钱。

小林轻轻地走进家门，叫醒了熟睡的娘。娘看见他，哭了。

"你回来了，孩子，都是娘不好。"娘抚摸着小林的脸。

"娘，看你说的……"小林忍着没有再说话。他想起了半个月前，娘生病了，就想吃鸡，可是哪有钱买啊？为了娘，他偷了一只鸡，被抓进了监狱。

"孩子，饿坏了吧，娘给你做饭去……"

小林苦笑道："我吃过了，娘，我累了，想睡一会儿。"小林走回了房间，躺到了床上，他感受到了家的温暖，这是他生活了二十五年的地方，这里有他的伙伴，有他的邻居，有他对将军寺村子的爱，他要重新生活。

第二天，小林不敢出门，一直在院里走着，想起大家异样的表情，内心就有一种说不出的感觉。娘当时生病想尝尝鸡肉的味道，可他没钱买，偷了张大娘家的鸡。小林现在想着所做的事情，仍然无怨无悔。

小林看着娘，娘的腰更弯了。是啊，她又老了一岁，都七十了。

突然，他听见有人说："张大娘的鸡被偷了。"大街上传出了一阵阵喧闹声。

"我半夜看见小林在张大娘家门口转悠，说不定是他。"有人说。

"你看，他一放出来就丢了，不是他是谁呢？"

"说不定是报复，昨天他刚出狱。"

外面有人在议论着偷鸡的事，小林听着，笑了，他一直考虑以什么样的方式与大家相见，现在不用想了，他有些心慌，但还是走向了人群中。

"大叔大婶，我没偷，真没偷，上次偷是因为妈的身体不好……这次没偷，是被冤枉的。"小林本不想解释上次偷的原因，可是感觉不吐不快。

"谁主动承认自己偷东西啊？上次你也没主动承认。"

"谁信啊？你说说，昨夜你在张大娘家门口溜达什么啦？"

小林说不出话来，他总不能说自己是怕见到大家吧。

大家笑着都散开了，小林也拖着沉重的脚步走回家，他看见了娘，娘的头发更白了，皱纹也多了。小林心中有种莫名的痛。

"怎么了？村里人对你的态度还好吗？"娘问小林。

"好……"小林不敢告诉娘，他担心娘的身体。

夜，又到来了，没有声音，也没有动静。小林要看一看究竟是怎么回事，到底是谁偷的鸡。

半夜了，小林坐在远处，静静地盯着张大娘家的鸡窝。他抬头看看天上的星星，在夜空里显得那么远，又那么近，他一下子感到偷鸡很耻辱，反思自己因小失大，以后再也不会干没出息的事。可为什么没人相信呢？恍惚间他睡着了，梦见了去世的爹……

突然有一阵响声从张大娘家传过来，小林回过神来，顺着声音赶快向院子边跑去，但小林什么都没有发现，他白等了一夜。

天一亮，仍然传来丢鸡的消息，大家又怀疑到了小林。

小林说，真不是我，可全村没有一个人信小林的话。这次，甚至有人往小林脸上吐唾沫星子了。小林不明白，为什么大家不相信他呢？偷了一次永远都是小偷吗？

今夜，小林一定要抓住偷鸡贼。半夜的时候，小林什么也不再想，一直死死地盯着鸡窝。突然，有动静，一只鸡在挣扎，然后不知怎么鸡向前移动了。小林一看，那是一只黄鼠狼，嘴里叼着一只鸡。

他追了上去，他要让人相信，那不是他偷的。他看见黄鼠狼朝将军寺河跑去，就跟在后面跑着追，鞋子掉了，他顾不上找；脚被扎了，顾不上疼。他要抓到黄鼠狼。

将军寺河的水面，像镜子一般明净，可小林不知这几年河边经常有人抽沙子，挖了好多大大小小的水坑。黄鼠狼顺着河沿跑着，小林在后面跟着，他跑得太快了，却来不及停住，一头扎进了水中，他挣扎着想爬上来。他想呼喊，可是水很快淹没了他的头。

太阳升起来了，一群打捞沙子的人发现了小林的尸体，他们在灌木丛和树藤边将尸体打捞出来，大家看见，灌木丛和树藤里竟然有两只黄鼠狼跑出来，窝里还有残落一地的鸡毛和鸡骨头。

"这么说，是一只黄鼠狼偷的鸡。"

"可小林怎么想不开呢？他干什么跳水自杀呢？"有人说。

娘做好了饭，等着小林回家，可是都到中午了他还没回来。娘坐在椅子上睡着了，她梦见了小林娶了媳妇，梦见孙子出生了，梦见了小林的笑……

西瓜熟了

◀ 好朋友

那年我十五岁，上初二，那一年我从将军寺村转到了县城的一所中学。

比起镇上的中学，城里什么都好。教室是宽敞的，桌子板凳是崭新的，连黑板都是明镜般亮亮的。同学们穿着漂亮的运动鞋，用着漂亮的文具盒，上课回答问题时也操着一口流利的普通话。但是，这些美好的东西不是我的，这一切离我太遥远了。

我家里穷，爸妈也没有工作，只靠打工维持生活，我不敢再奢求什么了。能把我送到县城的学校，对于农民来说，这需要多大的勇气呀！他们已经很不容易了。我不想再给他们添麻烦，他们已经尽力了。因此，没有好衣服穿，我不在意；吃得不好，我也不在意；但我感觉融不进这个集体，没有一个好朋友，像个局外人。

我感觉从来没有一个人正眼看我一眼，我的衣服灰灰土土的，还褪了色，从不敢出现在公众场合。上课时我不敢回答问题，怕"俺俺"方言味被别人嘲笑，说错了别人会笑话我。我更怕同学们在背后讨论我，每当两三个人说说笑笑，但一见我突然不说话四下散开时，我猜想他们聚在一起是在讨论我。自卑一直种在我的心中，每天我总是静静地呆坐在教室的角落，这样的日子我不知道还要多久。

教室外面是一片空地，种了一些花花草草，透过窗子望去有一棵树，几只蹦蹦跳跳的小鸟叽叽喳喳地叫着！它们扑扇着翅膀打闹着，一会儿朝上飞，一会儿朝下飞，像一对好朋友，真快活。我要是一只小鸟多少啊！

一支粉笔稳稳地砸在我的头上，老师厉声地说："上课认真点，黑板跑到外面了？"同学们哄堂大笑。我站起来，脸上火辣辣的，头更低了，怪自己不认真听课。

下课了，大家不理我，从没人注意我在伤心，在阴暗的角落里，阳光也不肯多照我一下。我一个人趴在课桌上，把头埋得很低很低，透过眼睛看自己的脚尖。我怪自己无能，来学校已半年，还从没交到一个好朋友，想着以前朋友的好，我更加伤心，泪水一滴滴落下来。同学们围着老师"老师好，老师好"地叫着，老师微笑着回应。连老师也是他们的，我什么也没有，这个世界怎么这么冰冷呢？

我从来不向老师问好，不是不想，而是不敢。但有一次，我竟突发奇想与老师做朋友。我从家里种的柿树上挑了半天，特意挑了一个柿子，红红的，大大的，吃起来肯定甜甜的。我自作主张地要送给老师。

我是双手捧着柿子来到学校的。当进学校的时候，我不小心被什么东西绊了一下，柿子从我手里逃落，结实地砸在地上，像一滩洒在地上的血，咧开大嘴嘲笑我。为什么不小心呢？真笨！真是个大笨蛋！我好恨自己。从那之后，我不敢再奢求什么了。你看，连老天都不肯眷顾我，也许我只配一个人生活在一起。中学的日子就是这样，不咸不淡，没味。

后来，直到一个新语文老师转过来。她爱说笑，自信阳光，身上有清新的香味，有一天竟开口向我说话，问我能不能帮她一个忙？我的心怦怦在跳，脸上都流汗了。这是老师第一次主动跟我说话。语文老师微笑着，眼睛眯在了一起，空气中满是清新的香味。

"我的红笔用完了，能不能帮我买一个笔芯？"

老师笑容灿烂，第一次有老师离我这么近。我还有价值？我还能帮助老师？我突然发现生命里竟然有了一丝奢想，连阳光中都绽放着迷人的色彩。她真像一朵盛开的莲花——我记得学习课文时有一句莲"出淤泥而不染，濯清涟而不妖"，也不管恰当不恰当。她就是这样的一个人，不，比莲还要白，要香，要美。

我努力让自己考好，暗暗较劲，不知道要报答她什么，总感觉要证明些什么。学语文变得有意思多了，可期中考试分数不理想，依旧不及格，我哭了。

语文老师为我擦了眼泪，她什么时候注意我哭的呢？她轻轻地说："别哭了！"她的手掠过我的脸，一股温暖的感觉。可我就是不争气，像个傻孩子一样，怎么也控制不住情绪，越是不想哭，越哭得厉害，最后浑身都颤抖着。

"你看你，越劝你怎么越哭呢？我最怕人哭了！"

那年我 15 岁，上初二，记住了那个叫白莲的语文老师。真的，她是我来到城里交的第一个好朋友，也是我永远的好朋友。现在我坐在研究生的教室里，又想她这个好朋友了。真的，我的好朋友，白莲，她像莲花一样的老师，您还好吗？

◀ **500 块钱**

镇上逢单有集，今天初九，是赶集的好日子。天不亮，老瓦爷老两口就起床了，老瓦奶奶将滴着露水的一个个番茄和一根根黄瓜小心地放入竹篮子里，递给了老瓦爷。

"快去吧，去得早，到集上能卖个好价钱。"老瓦奶奶说。

家里的狗叫着跟着，出了门。

方圆几里，将军寺村的番茄黄瓜是出了名的好吃，可要是比起来，要数老瓦爷家的最好吃。老瓦爷家的番茄黄瓜，地里上的是农家肥，也是现摘现卖，非常新鲜。

零星缀满了天空，一阵雾蒙蒙的水汽笼罩在将军寺沟上面。老瓦爷挎着竹篮子，一个人走出了村庄。还真沉，有三四十斤吧，要是早点到集上，番茄和黄瓜肯定被抢购一空，还能给老婆子买把梳子哩。狗还在老瓦爷屁股后面跟着。

老瓦爷说："回去吧，回去吧。"那狗儿又叫了两声，摇着尾巴，跑回家了。

走到将军寺桥上，老瓦爷的脚踢着了什么东西，他把竹篮子放在地上，捡起来打开一看，乖乖，是厚厚的一沓钱，一数竟有500块。老瓦爷把钱沉甸甸地攥在手里，心里想着是谁丢的啊？一股牛肉味扑面而来。他想，这应该是宰牛户老沉丢的钱，只有他家的钱才有这种牛肉味。想起老沉，老瓦爷就想起去年过年的时候，家里的狗一下子偷吃了他家的好几十斤肉，老沉却没有让老两口赔钱。

　　老瓦爷想，是先交给老沉，还是自己先拿着呢？突然，他感到肚子疼，就去桥下方便。当赶回到村里，敲了半天老沉家的门，也没有人回应。应该上集去了，赶集回来再给他吧。他抬头看看远方，东方已有一片鱼肚白了，得赶紧去啦，去晚了就卖不了好价钱了。他加快了脚步。

　　新鲜的东西果然好卖，到了集上没多长时间，老瓦爷就卖完了黄瓜番茄，他当然没有忘给老婆子买梳子的事，一切妥当后，就哼着小曲往家走。快到家了，他看见有人在将军寺桥上低着头，像寻找什么东西，走近了发现是老沉。

　　"今天生意不错吧？"老瓦爷见老沉仍然低着头，就主动问起，以前总是老沉先说话。

　　"老瓦叔啊？我没看见你……生意还差不多。不过，我的钱丢了。"老沉一脸的哭相，那钱不是小钱。

　　"多少啊？"

　　"500块。"

　　"丢哪里啦？"

"也不知道，可能去赶集的路上吧，可我找了一路了还没找到。"

"你说巧不巧，让我捡到了，现在就给你。"说着，老瓦爷解开上衣扣子，把手插进去。

"真是太好了……"老沉脸上绽放了笑容。

可是，老瓦爷翻了半天，除了早上卖的 36 元钱，还有新买的一把梳子外，什么也没有找到。他急得满脸通红。不会丢了吧。老瓦爷心想，可他又翻了翻口袋，还是没找到。他哆嗦地说，你一会儿去我家拿吧，我放家里了。说着，像犯了错似的，头也不回地走了。

"老瓦叔，我一会儿找你喝俩去。"

刚到家，老瓦爷就对老婆子说，我捡了 500 块钱。狗围着老瓦爷转了几圈，以示欢迎。老瓦爷一脚踢向狗，狗鸣的一声卧在了地上。

"捡到钱打狗干什么啊？找到人没？"老瓦奶奶一边问，一边抚摸着狗，"小乖乖，别害怕，别害怕。"

"你这尽添烦……找到了，是老沉家的，可我把钱又弄丢了，这可咋办啊？"他叹了一口气。

"这可咋办啊？"老两口不知道咋办才好。

老瓦爷说："这是今天卖的钱，还剩余 36 块。"说着，递给了老婆子，也给了她一把梳子。

"这是她早就想要的梳子，可现在老婆子居然生气地说，买这干什么啊？"良久，老两口都没有说话。

西瓜熟了

131

捡到了钱，可是在我手中弄丢了，这就是我的事。他对老婆子说："你看看咱家还有多少钱？"

老婆子翻了箱底，拿出一把钱，数了半天，才286块钱。

这差得太多了。老瓦爷在院子里不停地走来走去，狗儿吐着舌头，也跟在后面走着。突然，他盯着家里的狗，有一次，有人来村里买狗愿意出300块呢。他不顾老婆子的反对，把绳子套在了狗的脖子上，拉着狗向集市走去。老瓦奶奶在后面喊着，该死的老头子啊……

狗汪汪吊环王地叫着。

快晌午了，老沉过来了，手里还提了几斤牛肉，好多的骨头。

"他哥，你来了……"老婆子心里很不踏实。

"老瓦叔呢？"

"赶集去了。"

"他不是回来吗？"

"又去了……他哥，这是捡的钱，现在只有这么多，剩下的你叔回来给你。"

"大娘，钱我找到了，就在村头的桥下。"

"啥？咋又找到了啊？"

"我沿着路找了一遍又一遍都没有找到，想着钱被谁捡走了，但回来时见了老瓦爷，他说他捡着了，这回我的心可放回肚子里，哈哈，大娘，不怕你笑话，憋了一上午也没有时间方便，赶紧去桥下方便。大娘，你猜，我看到了什么？我看到了我的黑塑料袋，肯定是瓦叔放在那里的。真是谢谢你们了啊。"

老瓦奶奶瞪大了双眼，一句话也说不出来。没有风，将军寺村的空气闷闷的。

"本来我马上就来给你们说，可是我家里的牛肉不多了，我又宰了一头牛，才耽误了这么长时间，这不，给你们带了几斤牛肉，这是早上卖剩下的骨头，给您家的狗吃。对了，狗呢？以前总能看到它冲我叫。"

"集上……你大爷去卖狗了，他说钱丢了要还的。哎，这该死的老头子啊……我的小乖乖啊……"老瓦奶奶拍着大腿说。

◀ 好医生

"快，快，我爹的腿摔断了。"爹背着爷爷急促地跑向医院，这时天都快黑了。

几个护士过来帮忙，七手八脚地把爷爷扶上担架，开始进行诊断，当得知手术费是五千多元的时候，爹一下子傻了眼，五千多元啊，上哪儿找这么多钱呢？爹在走廊里踱着步，急得像热锅上的蚂蚁一样。他身上只有五百多块钱，家里全部的积蓄都带来了，在城里又没有亲戚可以借钱，一时很难把钱凑齐，可是不交钱，医院就不给做手术。爹手紧握着收费单，低下头，不住地叹息。

一个身穿白大褂的医生刚从手术室出来，一脸的疲倦，看到了爷爷的伤口，认真地看了一会，就责问："病人的家属呢？"爹抬起头，有气无力地说："我是。"白大褂急切地问："怎么还不送去做手术？再不做的话，就要错过最佳抢救时机了。"爹沉默了一会儿说："我带的钱不够……"

白大褂有六十岁左右的样子，个头不高，面色和善，听到这里，便不再说话了。良久，白大褂无奈地说："不交手术费就不能做手术，这是规定。"白大褂又望了一眼爷爷，转身走开了。爹看到了白大褂的工作证，记住了他的名字叫孙鑫勇，望着白大褂远去的背影，爹心里有一阵莫名的火。

过了一会儿，那个白大褂又走过来，连看都没有看一眼爷爷和爹，就掠过了他们的身旁，爹的眼里燃烧着愤怒。现在人都怎么了？没有钱也没有必要像躲瘟疫似的啊。

半小时后，医院突然通知爹说，有多少钱先交多少钱，现在就准备做手术。爹的愤怒瞬间消失了，他喜出望外，眼睛都湿润了，激动地对护士说："谢谢，谢谢你们。"

手术很顺利，由于抢救时机把握得好，爷爷的腿总算被保住了。爹把爷爷安置进病房，正好那个白大褂在办公室里坐着，他已经摘下医生帽，满头是花白的头发，看起来很累的样子，不时地伸伸腰，看见爹，眼睛又盯着爹。白大褂桌前放着一杯水，上面放着几粒药。

爹忍不住就冲进去，大声地说："看什么看？你这个势利眼，你说不给钱就不给做手术，现在俺照样做了手术。"白大褂愣住了，目光很缥缈，眉头紧皱，想说些什么，可终究没说，手里端起的水杯在颤抖着。爹转身走出去了。

接下来的几天，爹再也没有见到那个白大褂，也慢慢淡忘了他。出院时，爹东拼西凑总算借来了钱，当交手术费和住院费的时候，医院却说不用交了。爹问怎么回事，医院说不让交，就是不让交了。爹很纳闷，满心疑惑地陪爷爷出了院。

那一年报高考志愿，爹对我说："孩子，咱要知恩图报，你一定要报考医学院，将来你也要救死扶伤，做一个有良心的好医生。"我遵从爹的教诲，进了医学院学习了显微外科，五年大学我刻苦学习，毕业后进入县城的医院——正是爷爷没交齐手术费而做完手术的医院。

有一天，无意中与一名护士聊起了对医院的认识，我问她说："咱们医院病人至上，理念真好，几年前我爷爷在这看病没交完手术费都做了手术，这影响了我后来立志从医，真的很感谢医院。"

护士在医院有十几年了，她听完后说："是啊，咱们医院有很多医护人员素养高，比如说，以前咱们的老科室主任，经常悄悄地为缺钱的患者支付医疗费。"

"是吗？我怎么没有听说过啊？"我一听，有点奇怪。

"老主任从不让告诉别人，尤其是病人家属。"护士笑了。

"有这样好的医生，我要好好认识下他，多向他学习。"

"几年前，他做了一天的手术，正准备休息时遇到有一个患者，腿摔断了，因缺钱不能手术，孙主任就替他垫付了医药费，又加班做了手术，可患者家属不知为何骂他势利眼。孙主任那天劳累过度，加上患者无端地辱骂，导致他心脏病突发去世了。唉！"

"他叫——"我连忙问。

"他叫孙鑫勇。"护士一字一句地说，眼里流露出惋惜的目光。

◀ 着火的电影院

三月的一个傍晚，城东的电影院着火了，火势很大，整个县城的天空都火红火红地燃烧了。

一阵刺耳的电话铃声响起，消防队孙队长接过电话，眉头拧成了一个大疙瘩。

灾情就是命令！时间万分紧急，孙队长来不及半点犹豫，马上召集消防人员，开着消防车，拉起警报，一路飞奔至电影院。

电影院上空冒起一股股黑烟，火光中不时传过来一阵阵撕心裂肺的哭声，黑压压的人群把电影院前前后后围得水泄不通。

"俺孙子在里面，这可咋办啊？"一个老大娘哭喊着。

"你看，有人爬上窗户了。"人群里有人惊呼道。

"孩子们真可怜。"又有人叹气。

火光冲天，一团团浓烟涌上来，向天空的方向升腾着。孙队长马上组织消防队员进行施救，散水管，升云梯，拉起弹簧垫，打开高压水枪。

"救命，救命啊。"二楼传来一阵急促的声音，孙队长立刻带领几个队员向火光里冲去，到了二楼，他大声地喊："大家别慌，贴着地面，不要拥挤，别着急。"在孙队长的指导下，人们找到了生命通道，躁动声逐渐变小，人员开始有序地撤退。

电影院外面传来了一阵阵喜极而泣声，夹杂着大家的讨论声，一声接着一声。

"你们终于出来了。来，孩子，快让爸爸抱抱。"有个男人抱起了女人和孩子，忍不住哭了。

"俺孙子咋还没出来呢？"老大娘想往里面冲，有人拦住了她。

孙队长烟雾中摸索着前行，一个女人紧紧地抓住了他的手，那手直哆嗦，他心里不禁一惊。

"把俺送出去……"

"慌啥呢？快站在俺身后，先让别人走。"孙队长声音非常严厉，非常坚决地说。

一个七八岁的孩子拉住了孙队长的衣角，小手光滑，温暖，他不住地咳嗽道："怕，俺怕，俺想……"孩子哭了，泪水慢慢流了下来。

孙队长大声地说："怕啥？孩子，你是个男子汉。"他把小男孩往后一拉，拉在了身后，孩子死死地抓住他的衣角。一个消防队员跑过来，抱起了孩子。

"放下，快放下，先对里面的人进行施救……"

一阵沉默，只有火光中只有噼里啪啦燃烧的声音，伴着一些

西瓜熟了

人的呼喊声。

"先对里面的人进行施救！没听见吗？"孙队长又重复了一次，他知道有些事情的顺序。

消防队员极不情愿地向浓烟深处走出，浓烟中他又找到了一个孩子，抱起来就向外走。

女人和小男孩站在孙队长的身后，紧紧地靠在一起。男孩子的手慢慢地松了下来，女人的呼吸也慢慢变弱。

老孙看见墙角有一个蜷缩在一起的孩子，他马上抱起孩子，可是他有点晕，差点儿没摔倒。一名消防队员接过孩子，向外面跑去。

"孙子，乖孙子，想死奶奶了。"一个老大娘开始不住地抽泣，男孩子也"哇哇"地哭了。

"这次抢救真及时，幸亏这群消防员。"有人说。

"真是辛苦消防队员了。"人群里不时传过来啧啧地赞叹声。

孙队长听着，笑了，黑乎乎的脸上乐了。他转过身，抓住男孩子，女人跟在身后，准备向外走。

墙"轰"的一声倒了，男人和女人同时抱在一起，墙无情地压在了孙队长和女人身上，火光和浓烟一下子吞噬了他们。

清明节那一天，一个五岁的小男孩牵着一个七十多岁的老太太向公墓走去，影子被拉得很长很长，就像清明节对亲人的思念一样。老太太来到一块墓碑前，对小男孩说："乖孙子，知道这里住着谁吗？"

"奶奶，这里面住着俺爹，也住着俺娘，还有俺哥呢。"小男孩奶声奶气地说。

"来，快跪下，孩子，你别恨他们，把你一个人孤单地留在世上，他们都爱你……"老太太长叹了一声，不说话了。

"奶奶，谁摆了那么多鲜花啊？真好看。"小男孩抬起头问奶奶，眼睛里闪着清澈的亮光。

墓前，摆满了一束束鲜花，微风吹过，一股股清香开始弥散开来，充溢在空气里。老太太看着看着，眼泪止不住地流了下来。

◀ 做手术

　　朋友新开了一家诊所，根据患者需要可移植或摘除人体头脑的某部分意识。这是什么医术呢？我很奇怪，现在科技都这么发达了，我想一探究竟。

　　到了朋友的诊所，发现只有几间房，两间手术室，一间收款室和办公室，一间候诊室。我看见朋友很忙，外面病人排着长长的队，看不见队尾。这时，一个保安拦住了我，说什么也不让我进，不由分说，把我推了出去。

　　"没有所长的同意，谁也不能进。"保安大声地说。

　　我只好给朋友打电话，朋友说："让他进来，保安才同意我进去。"

　　我问朋友："你这是什么医术啊，怎么这么多人有病？"

　　朋友狡黠一笑，耐心地对我说："通俗地讲，比如一个人太残暴，我可以给他摘除残暴，移植别人或我研制的爱心，这个人就可以充满着爱心去生活。"

"这么神奇？我有点不信。"

朋友又说："你看那个保安，我给他做了手术，只剩下责任心，现在他一直很敬业，从不抱怨。你先坐会，我真是太忙了。"

"你先忙着，我也没有什么事。"

我一个人坐在朋友的办公室里，墙上挂着卫生部门颁发的授权书和附加条款，条款上第一条明确：不能做有损于社会正义和道德的事。一个收款员正在数钱，钱一沓一沓地堆放在一边，待装往保险柜，钱像小山一样，一会儿就成了一堆一堆的。

这时，一阵狂喜的声音从手术室传来，我看见他一边走一边大声喊叫，那人嚎叫道，我终于有爱心了。

休息时，朋友走出来，又做好了一个。他悄悄地对我说："告诉你一个小秘密，我的细心也摘除了，没有了细心，可以省很多事，否则我把他们所有的东西都恢复太累了。"

我对朋友说："你真聪明，不完全恢复没有影响吗？"

"没事，都是些不重要的东西。"

突然，我对朋友说："能不能把我的温和，还有奉献摘除，移植上残暴和贪婪？你知道我现在太不适合当领导了，太温和，也不敢敛财。"

朋友对我说："卫生部门有规定，不允许做有违正义和道德的事。"

"谁让我们是朋友呢？"我劝他。

"好吧，正好监狱里送来了个因抢劫而杀人的犯人，六亲不认，我刚把他的残暴摘除掉，正好你能用上……不过你要保密啊。"

朋友说。

"那当然。"我说。

我进了手术室，手术室里摆满了手术刀具，只有一个漂亮的女助手在里面。

朋友让我躺下，将一根导管插入到我的大脑，这时电脑屏幕上显示出我大脑里的结构。

朋友说："你这个手术有风险，温和、奉献和良心是人体的良好品质，都在大脑最里面，不过你放心，交给我了。"他对漂亮的女助手说，赶紧把刚才那个人的残暴拿过来。

我看见电脑上显示了一阵红红的电磁波，残暴移植成功的声音响起来了。

这时，女助手走过来，对着电脑准备操作什么。

这个程序比较复杂，我得亲自恢复，朋友说。我看见朋友依次把责任、爱心和信心等安装上，费了好长时间才恢复原状。

"这就好了吗？"

"嗯，好了，做这样的手术，你是第一个，应该瞬间能起作用。"朋友笑着说。

"还真是，我全身有一种向上的力量。"我朝朋友微笑，随着他一起进了收款室。

朋友打开了保险柜，准备将那一沓一沓的钱放进去，我看见了里面放着厚厚的钱，心里瞬间充满了残暴和贪婪。

那个收款员正在点着钱，我趁朋友不注意，举起了刚才在手术室偷拿的一把手术刀，向朋友刺去。

这时，隔壁传来了女助手的声音，所长真粗心，忘记把朋友的良心恢复了。

我的手收不回来了，那把刀子已刺中了朋友的喉咙，伴着一阵尖锐的叫声。

西
瓜
熟
了

◀ 儿 子

....

　　毕业了，工作了，结婚了，也有孩子了。一下子从找工作的压力中解放了出来，可是心里刚一放松，随之而来新的压力又开始出现了，这是始料未及的。那房子每个月的催账到来了，明天到了，就去想着照顾孩子、吃饭、上班、睡觉、吃饭、挣钱、照顾孩子……挣钱，可是哪有这么容易挣的钱？

　　怎么说呢，虽然有时工作和生活上种种事情不如意，但总算有了愿望——孩了出生了。我希望儿子不像我这样处于社会的底层，今后努力上进，飞得更高。我把内心的愿望全部寄托在儿子身上，希望他快快成长，快快实现我的愿望，当然这个是一个好的想法。不过，有一种想法是好的，谁都知道，有梦想的人快乐、幸福，这难道不是一种幸福吗？

　　父亲从老家将军寺村过来了。晚上无事，我便向他谈起我的育子理念。我告诉父亲，不能孩子让输在起跑线上，要给孩子创造一个好的教育环境，要对孩子进行挫折教育，让孩子有个高起点，将来有个好归宿。我很自豪，这么早就给孩子设计了完美的人生规划，以后孩子肯定会变得优秀。

我眉飞色舞，可父亲听后却什么也没说。他静静地坐在客厅的一角，一根接一根地抽着烟，烟圈越来越大，一会儿整个屋子都被烟雾吞噬了。

后来，父亲一边抽着烟一边说："孩子，你说得也在理，爹知识没有你多，教育孩子的大道理我也不懂。我说说咱们将军寺沟的养育孩子的故事吧。"

60年代，咱们将军寺沟一个父亲有了儿子，就梦想着儿子能成为村里走出去的第一个大学生，将来吃上商品粮，希望儿子有一天能够实现他的梦想。他放弃了外出当工人的机会，努力照顾着一家老小，尽量给儿子创造好条件。五八年时，没有吃的，他放弃那一块洋火盒般大的馒头让孩子吃，而自己只能吃谷糠，差点没了命。儿子也很上进，顺利考上了高中，那时不允许考大学，高中毕业后村里又推荐他参军。在部队，孩子踏实能干，不时地向家里寄钱，三年后，他复员回到村子里当了一辈子的会计，任劳任怨地经营家里的五亩地，每年庄稼都取得好的收成。村里人很羡慕孩子的成就，但父亲并不满意，他没有看到儿子考上大学吃上商品粮的那一天。

80年代初期，儿子成了家，也有了孩子，儿子便把愿望寄托在孩子的身上，想让他的孩子吃上商品粮。他说，哪怕不吃不喝，哪怕吃苦受气，也要让孩子读书，将来能改变命运。那时候，他甘心在家里面朝黄土背朝天，拼命地挣钱，就是能让孩子去县城接受好的教育。他姊妹六人，自己是兄长，要尽长兄的责任，张罗弟弟的婚事，为了省钱，他生病了他也不去医院，但他每想到孩子的将来都会非常开心。

一个个春秋冬夏过去了，儿子一天天地变得结实了，小孙子一天天长大了。老父亲的身子越来越弯，一天天地变老了，他已离不开拐棍了，再也不能为子孙遮风挡雨了，但他仍含有期待的眼光看着孙子的成长，他想看到那自己梦圆的那一天。每个星期天，他都准时地等待小孙子从县城星期六回家。孙子很听话，也很争气，学习非常刻苦努力，在高中成绩很好，顺利考入了一所大学。大学期间他当了班干部，获得了奖学金，多次得到老师的好评，后来以优异的成绩大学毕业，但正赶上自由择业。他参加公务员考试却屡次失败，孩子未能吃上商品粮，自由择业进了当地的一家企业，在里面当工人。后来，孩子结了婚，有了儿子……

一根烟又快被吸完了，父亲又接了一根。他把那根燃烧完的烟蒂扔到地上，又用脚踩了踩，他顿了一下，又接着说："这时间啊，就是一种夺命的刀。操劳一生的爷爷再也走不动了，直到有一天他快要去世时了。临终前，老父亲告诉儿子，哪个父母不望子成龙、望女成凤呢？但是，父母本身是不是也要做些什么呢？如果父亲把自己的想法让孩子实现，而自己什么也不做，那愿望什么时候能实现呢？儿女是生命的延续，但却不能是愿望的延续啊！"

静静的屋子弥漫在父亲的叹息中，父亲又长长地吸了一口烟，他的声音有点颤抖，讲着讲着不再说话了。屋子里安静下来，四周也安静下来，只有风的声音。突然，我想起了爷爷、父亲，又想起了自己、我的儿子，哎呀！我望着父亲逐渐稀稀拉拉的头发，眼眶不禁一热，悄悄抹了一把眼泪。

◀ 小黑子

小黑子是张大娘在将军寺村外捡来的一条狗。

张大娘见人总说："有一天经过村前的将军寺沟时，突然听到传来一阵呜呜的叫声，就回头一看，乖乖，河边怎么躺着一只小狗？"

草丛里，只见一团毛茸茸的黑色小狗不住地哆嗦着，声音凄厉。张大娘走上去，发现小狗不足一个月，黑油油的毛，嘴不住地添腿上的伤口，那样子看着怪可怜的。

老伴去世多年，儿子又在城里住，家里就剩张大娘一个人了，她一直很孤单。她抚摸着小狗黑油油的毛，小狗也暖暖地舔着她的手，她心一动，多可怜的小生命啊！狗的眼睛在盯着她，一动不动。她心一软，便把小狗抱回了家。在她的精心照料下，小狗的腿慢慢恢复了，后来长好了，小狗一天天很快地长大了，黑黑的毛很可爱。张大娘喊它小黑子。

小黑子不会叫，应该是个哑巴狗。可是，狗很听张大娘的话，她去哪里，狗一定跟在身旁去哪里，像个跟屁虫一样。从此，七十八岁的张大娘不再孤单，增添了一些乐趣，她天天感觉很开心。

早晨，张大娘要去田野散步，小黑子跑在她的前面，陪着她一起穿过小村子，一起沿着将军寺沟，一起顺着流水的方向走。小黑子顺着河堰跑，哈哧哈哧吐着舌头，张大娘看见小黑子在河边远远地跑了，一直看不见了，开始有点担心害怕，便大声喊，小黑子——小黑子——你快回来——

小黑子不知从什么地方马上冒出来了，摇头晃脑，吐着舌头，翘着尾巴围着张大娘转。它一直向张大娘的身上蹭，热乎乎的。

"乖乖，吓死我了，我以为你不要老太婆了呢？"张大娘扶着狗的脖子，心通通地在跳。天快黑了，小黑子在前，张太娘在后，一起回家。夕阳浮在一片彩霞中。

有天夜里，张大娘生病了，她在床上低声呻吟着。尽管月夜的将军寺村死一般宁静，却没有一个人听见她的呼救。这时，只听见小黑子竟汪汪汪地叫起来了，而且声音一声比一声大，打破夜的宁静。将军寺村的夜，喧闹起来。

村子里有人开了灯。

"汪——汪——汪——"

有人说："张大娘家的狗怎么叫了？那不是条哑巴狗吗？"

"汪——汪——汪——"

又有人说："张大娘不会出什么事了吧？"

"汪——汪——汪——"

邻居来到张大娘家时，发现张大娘生病了，便七手八脚地把她送到了医院。那次抢救及时，张大娘所幸无碍，不过医生劝她要注意自己身体，高血压这种病可不能大喜大悲，更不要激动，心要平和。

大家都很吃惊："小黑子怎么会叫呢？"

第二天，儿子在一单位当一把手，从城里赶回来，特地感谢乡亲们救了母亲的命。当看到院子里有一条肥狗时，他吸了一口气，仔细打量半天，咦，这条狗足足有四十斤，这要做成肉，可真够吃一顿大餐的。他挺着大肚子，小眼睛转来转去，心里却打起了算盘。

狗对着儿子不高兴，呜——呜——呜——

村子来了个买狗的人，愿意出 300 元买这条狗。

张大娘摆摆手说："不卖，这个不卖。"

那人又将价格加到 600 元。

张大娘笑了："小伙子，这是我的命，多少钱也不卖啊！"

儿子想让张大娘去城里住，儿子说："妈，您年龄大了，在家不方便，再说，别人怎么看我啊，感觉我不孝顺似的。"张大娘慢慢心动了。

车开来了，东西也都收拾好了，张大娘坐进车，念念不忘地望着家。小黑子在后面跟着，到了车门前。

儿子说："妈，咱家的狗可不能住城里，城里多不方便，要不把它杀了吧。"说着，便让他的秘书抓狗，狗汪汪地跑了。

张大娘哭了，马上从车里下来，她坚决不去城里了，要一个

西瓜熟了

人在家住。她喊着，小黑子，小黑子，可是狗却没有像往常一样回来。

张大娘生病了，再也不出去走，天天在院子里呆呆坐着，叫着小黑子，小黑子。一个月后的一天，她梦见小黑子像以前一样在她身边团坐着，用嘴咬着尾巴，张大娘微笑着睡了，再也没有醒来。这时，一条狗喘着粗气跑进来，小黑子回来了，不过它脖子上满是伤痕，还有一根断了的绳子。很明显，小黑子跑后就被人抓住了。

张大娘的丧事很隆重。儿子如今已经当上了局长，很有权势，当地很多人都来参加了葬礼。儿子一边招呼客人，一边忙着收礼，守灵的人都没有了。大家发现小黑子竟然卧在正屋的棺材旁边。狗在这里，成什么样子啊？大家想把它赶走。

他们把小黑子赶走，可小黑子偏偏又跑回来，卧在那里，一动不动。

"汪——汪——汪——"

大家都说："狗可能是放鞭炮吓着了，你看再也不动了。"

张大娘出殡后，儿子一直想着狗肉的美味，刚从坟地回到家，看见狗还在正屋卧着，心中大喜。他叫来了几个人，说捉住那条肥狗，晚上请大家吃狗肉，一帮人带着工具冲到屋子里，关上了门。

可是小黑子却一动不动，像一个塑像一样。

儿子很奇怪，这狗难道束手就擒吗？

一群人捆住小黑子的时候，小黑子仍然没动，身子冰凉冰凉的，不知什么时候早死了。

◀ 偷　钱

今天是腊月二十八，快过年了。

风很大，呼呼地刮着，他揣紧大衣，只露出两只眼睛，一个人默默地走在偏僻的大街上。

空气中一阵阵欢声笑语传过来，快过年了，连空气中都有浓烈的年味了。可是，欢快是别人的，他只感觉到冷，全身上下的冷，还有，他此刻感到他的心更冷，比结的冰块还要冷。

人年二十七那一天，也就是昨天，他的钱包被偷走了，他去追赶小偷，跑了好远，但没有追上，眼睁睁地看着自己的钱没了。现在他没了钱，不得不饿了一天的肚子，也感到无脸回家。到了第二天，他突然想通了一个道理，既然别人能偷他的钱，他为什么不能以同样的方式去偷别人的钱呢？

他首先想到的地方就是银行门口，他要在那里静静地等待一个机会，他相信有这个机会，只要等，总要有的。

可是，却没有机会。前来取钱的都是一个个年轻人、一对对情侣，看着他们从 ATM 取款后走出来，他就在心里开始衡量，这些年轻人可不好下手，年轻人麻利，这样很容易被抓住。他继续寻找下手的对象，可是从上午到下午，一天都快过去了，仍然没有找到下手的好机会。

风还在刮，太阳燃烧着最后的光亮快要落下去了，他还是两手空空。他心里更急了，没找到目标，就不可能有钱，没有钱，那怎么回家过年呢？怎么见老刘头呢？怎么报答恩人呢？

他感觉自己好渺小，他好想哭，又开始同情起自己来。

是啊！谁让自己是一个孤儿，有一个悲惨的命运呢？老刘头在将军寺河边捡到他，一个人辛辛苦苦地把他养大，这一养就是十七年。老刘头今年七十多了，单身一人，他们没有血缘关系，可对待他像自己的儿子一样。他今年十八了，长大了，可以挣钱了，在外半年时间就挣了一万呢。他想，现在好不容易可以回家过年了，好不容易盼到了团圆，却没了钱。老天没长眼啊！这点钱怎么就被人偷走了呢？我自己怎么不小心点呢？现在我怎么去孝敬父亲啊？

他想起父亲那弯弯的背就痛苦，想起父亲那斑白的头发就心疼，两行热泪流了下来。

"妈的。"他吐了一口痰。

一个五十多岁的大妈拎着一个包从 ATM 取款出来了，他看得很仔细，大妈刚才至少在取款机旁取了五张。五张，五百元钱呢，虽不多，可足够回家过年了。他在心里笑了。

现在天色也晚了，大街上的行人也越来越少。大妈年龄大，这是今天最容易下手的一个。他暗想，就是她了。

他拉紧大衣，深吸了一口气，大踏步向前走去。

大妈在前面走着，脚步不快，走一阵子，她就要停下来歇一会儿，有时还不住地咳嗽。他想，大妈应该有病了。

他的脑子中时刻在想着逃跑的路线。

近了，近了，还有五米就要成功了。

他嘴角浮现出一抹笑容，心中的那份狂喜就要喊出来了，他想，就要成功了。

近了，近了，还有三米的时候……

大妈一转身，走向了热闹的大街，东来西往的人很多，下手的话很容易被抓住。

他愣住了，大骂了一声："真该死！"

他又跟在大妈的后面，大妈慢慢地向郊区走去，有一公里远了，人越来越少，她还在向前走。

这边住的居民明显贫穷，房屋都破破烂烂的。可是人很少，又加上天快黑了，他想看时机总算来了。

他心里有些舍不得，毕竟自己有点残忍，他弯腰捡砖头的那一刻，他有点犹豫了，下不去手。可是，他想，谁让别人偷我的钱呢？别人偷我的钱，我又为什么不能偷别人的呢？

他一直跟在大妈的后面。他发现大妈越走越慢，有时候不得不停下来喘气。他想就要到下手的时候了，他握紧那块半截砖，咽了一口气，快步向前走去，举起了砖头。

这时，大妈在一间破房子前面停下来，"吱呀"一声，那扇掉漆的木门就开了。

"妈，一听脚步声就是您，咋回来这么晚呢？"一个稚嫩的声音传过来。大眼睛女孩十来岁的样子，打开了门，她的眼睛很大，可是只有一条腿了。大眼睛女孩的后面有五个孩子，有的胳膊不全，有的眼睛瞎了……

他停住了，不敢向前走一步，赶紧把砖头抱在怀中，紧紧地。

"妈去取点钱，过年了，要给你们添点新衣服……"大妈又咳嗽起来。

"妈，千万别给我们买东西，我们不要。只要有您在，天天都是过年啊……先看看您的病吧……"

"妈没事……"

他赶紧退回来，迈步往回走，脚步很快。他想起小时候，有一年过年，父亲到集上给他买鞭炮玩，直到半夜才回家，他都担心死了。

他一边往回走，一边在内心大骂："我没钱还能回家陪爹，可要把大妈抢了，孩子们都不会过好年了。牲畜！我真是个牲畜！"

他想，他要回家了，半年没有见父亲了，他突然有点想父亲了，想着想着，他的嘴角浮现一丝笑容。

风依旧很大，呼呼地刮着，太阳已经落下去了，夜空黑乎乎的。他揣紧大衣，露出了笑脸，脚步从未有过的轻快，心也慢慢地明亮了，变得温暖起来。

与弟书

弟弟：

　　你好！你一个人孤零零地躺在地下，怎么不说话啊？你肯定还在恨大姐，还在埋怨十年前的事。

　　弟弟，十年了，你不知道大姐心里的滋味，大姐每日每夜都在恨自己，恨自己心太狠，恨自己太绝情——是我亲手下令抓捕你。我曾经多次忏悔，可我现在想想，我大义灭亲做得对，做得正，做得值！

　　大姐清楚地记得那天的事，我们为爹过七十大寿。那时你已经潜逃一月了，公安局已经下令要逮你归案，通缉令贴得到处都是。我知道，你肯定会回家给爹过生日的，你是个大孝子，我打电话告诉县公安局局长这个消息，他带领一帮人到村子里设伏。我还记得县公安局局长打电话问我，县长，抓吗？他可是你弟弟啊！

　　我咬咬牙，我犹豫了。是啊，你毕竟是我亲弟弟，是我们家三代单传的香火啊！娘为了生男孩，先后生了我们姐妹四个，没少受罪，直到怀上你，35岁生你时又大出血去世。没娘了，我抱着你在村子到处借奶水喝，大姐从小也是你的"娘"。爹更不容易，为这个家庭付出得更多，他对你抱很大的希望。弟弟，你上小学时调皮，我们不忍心打你，惯着你。有一次你点了别人家的柴火垛，爹去赔不是，一句难听的话都没对你讲。弟弟，你上初中学习不上心，爱打架，爹经常被班主任"请进"学校，直到你被开除……现在想想，都怪爹啊，太溺爱你了。

弟弟，小时候有人欺负你大姐，你小小的年纪就给别人打骂；大姐在县城上高中，每次回家都能吃到你给大姐留的鸡蛋，你却在旁边看着我吃；我考上大学后家里没钱，你为了让我安心读书自己出去打工，你当时才17岁啊……这些，姐姐都记得，永远忘不掉。我大学刚参加工作那几年，是你和妹妹打工挣钱让我花，我从乡长、书记一步步地往上，成为副县长，直到成为县长。那时，我工作经常在外地，忙得要死，家里都是你和妹妹操心，多亏你了。

弟弟，你虽然没有上过大学，可你脑子转得活，你批发鸡蛋，卖化肥种子，卖家具，最后又修路修桥，做起了大生意，有声有色，方圆十来里都夸你有本事。可你怎么学会了腐败呢？为了拿到修路权，你行贿公路局长，动用各种关系，恐吓竞标人，给他们写信寄子弹。后来又野蛮施工，为了赶进度，动用黑社会，导致一个七十多岁的老太太死亡。警察现场制止时，你还袭警，打死一名警察，打伤三人……唉！弟弟，那可是鲜活的生命啊！他们也是有家庭、有亲人的生命啊！

事情发生后，弟弟，你逃跑了，公安局一个月没有抓到你。爹七十大寿时，我们姐妹四人一起陪爹过，我们没有告诉爹你的事情，可是看得出爹还是想着你，他一直念叨着你的名字。弟弟，你是幸福的，爹与你同一天生日，爹见不到你，他嘴里不说，可心里想着呢。快晚上的时候，你到底还是回来了，你一进村，埋伏在周围的民警就盯住你了。那消息是我说的，我确定你肯定会回来给爹过生日，尽管我们姐弟俩一次也没联系过。

　　弟弟，说真的，姐姐佩服你的才能，也佩服您的孝心。虽然你上学不多，可脑子真聪明，经常跑东跑西，见得世面广。弟弟，凡事都有规矩啊！你为何不走正道？你怎么触犯党的底线呢？你怎么触犯人民利益呢？你不知道吗？违反了法律就要受惩罚？你难道不知道吗？党的利益高于一切！国家的利益高于一切！人民的利益高于一切！

　　关于这一点大姐绝不含糊！大姐现在想想仍然不后悔当初的决定。

　　弟弟，我看着你流着泪被带走了，村子的人对我指指点点，妹妹骂我六亲不认……爹也开始骂我，说要与我断绝父女关系。我哭了，我一个人走出了家门。弟弟，其实，大姐心里也软过。公安局局长多次建议不追究此事，姐曾经想过不去调查，可是怎么对得起那些无辜的生命？党的形象怎么维护？政府的公信力怎么能化为一句空文？

　　弟弟，你恨我吗？真的，你恨我吗？

　　大姐今年也五十五了，现在我也得了病，是乳腺癌，活不了多长时间了。我死倒不怕，可我担心爹，他年纪大了，没有儿子在身边守着啊！如果当时大姐的心软一点，如果大姐不提供你回家的线索，如果……爹的晚年会更幸福。大姐现在不后悔，尽管那么多人都不理解我，大姐对得起党，对得起国家，对得起良心！

弟弟，大姐的日子不多了，咱们不久就要见面了，你肯定还在生大姐的气，大姐欠你的啊，大姐来向你赔不是来了。弟弟，大姐想你了，大姐来看你了。

弟弟，今天是你的忌日，也是我下令逮捕您的日子，也是爹的八十大寿，也是你的生日。弟弟，我这儿有瓶茅台，你放心，不是别人送的，是我的工资买的，我会带着酒到地下，到时候咱们姐弟俩喝上几个，姐给你倒几个。

祝你在地下安好！

大姐

西瓜熟了

◀ 胆小鬼

大家都说老沉胆小，怕事，虚伪，没有男子汉气概。

听老辈人说，30 年前我们村与邻村打架争地边，在老村长的带领下，村里的男人几乎都出动了，可就老沉一人没去。不过，大家回到村子的时候，倒发现他脸上多了道伤口。

大家都嘲笑他："你没去打架，怎么添的伤口啊？"

老沉捂着脸上的伤口，向大家解释着什么，声音却淹没在别人的嘲笑声中。他终于低头不语了，一个人默默走开。后来，大家都说他虚伪。就因为这样，老沉成了一个"懦弱"和"虚伪"的代名词，到了结婚的年龄，也没有人去给他提亲。哪家的姑娘愿意嫁个脸上有刀疤，而且又是个虚伪的胆小鬼呢？

老沉不去打架和自己划刀疤的原因，现在已经无人知道，我们只知道他现在仍然单身一人。但是，单身的他倒也快乐起来，他经常围绕着村子的鱼塘转来转去，看见有人往鱼塘边扔东西，总会大老远跑过来阻止。

大家认为老沉有责任心，时间久了，村里人都想让他当鱼塘的护理员，虽然村长同意了，可一分看护费也不愿给他。

村长说："谁让老沉不服从村里的领导呢？不考虑村子利益的人，就永远没有他的利益。"村长是老村长的儿子，老村长还对当年的事耿耿于怀。

想想村长的话，大家觉得倒也在理，很少有人为老沉打抱不平了。

老沉六十多岁了，低保户的名额没有他的份，不得已，他只能一个人自食其力。他一个人独来独往，大家慢慢也忽略了他的存在，好像就是村子里的一个可有可无的人，红事白事很少有人去找他帮忙。

那一年夏天，雨水特别大，鱼塘都满了，一个小孩子失足落水。大家都知道，将军寺河近年来挖沙的人特别多，现在鱼塘变得很深了，谁跳下去，随时会有生命的危险。大家你看我，我看你，没有一个人敢下水去救人，围观的人倒越来越多。

河水哗哗地流着，小孩子的头时隐时现，随时有生命的危险。救我，水里的声音越来越弱，小孩的头都不见了。大家围在岸上看，仍没有人去救。

突然，一个人跳了下去了。他一头扎进水里，尽管鱼塘的水很深，流得很急，他仍然尽力地用手划着水，慢慢地向孩子游去。细心的人发现，那是老沉。

"快六十的人啦，真是打肿脸充胖子啊！"

"他不是个胆小鬼吗？"有人说。

大家纷纷议论着。

大家说话的时候，老沉已经抓住了孩子，他嘴里吐着水，慢慢地向岸边游去。水很大，又把老沉冲出去好远，可他仍然紧紧地抓住孩子，向岸边游来。

岸上围观的人越来越多，不时地传来一阵阵惊叫。过了好长时间，老沉终于游到了岸边，这时大家七手八脚地帮忙把孩子抱上岸来。大家一看是邻村刚六岁的小明。

有人伸手去抓住老沉，可他已是气喘吁吁，体力不支，再也没有爬上岸。大家眼睁睁地看着他已经沉下去了，看不见了，连个人影都没有了。

一个老人闻讯从邻村跑过来的，那是小明的爷爷。他抱住小明，对着将军寺河哗哗的流水，大声地哭着。

大家劝他道："你孙子救上来了，应该高兴才是，怎么哭了啊？"

那老人哭着说："30年前，村里打架争地边，那天我到你们村的鱼塘下毒，却发现老沉哥早在河边守护着，我照着他脸上砍了一刀，他仍然不后退……后来，我就到处说他胆小，虚伪……是我害了他一生没成家，让他蒙受了的冤屈，今天又要了他的命……我对不起他啊！"

◀ 娘
·······

　　从局里传出消息来说，老李可能被提拔为副局长，来访的朋友越来越多。这不，刚送走一个，屋子里才清静了一会儿，门突然又响了，但敲门的声音很低，"当"地响了一下，然后隔很长时间又响了一下。听得出，来人心里没底气，害怕着什么。

　　媳妇把门打开一看，发现是老家里的大姐，赶紧把她让进屋子。大姐头发湿湿的，手里掂着一个黄化肥袋子，想抬起脚走进来，可前脚刚一进门又停了下来，不好意思地跺了跺脚上的尘土说："我的鞋脏，要不换换拖鞋？"

　　媳妇接过化肥袋子，放在了门后说："没事，不用换鞋，进来吧。来就来呗，还带啥东西？"其实，老家一来人，最不高兴的就是媳妇，她害怕管饭。招待好了，要花不少钱；招待不好，那话传到老家可难听了。媳妇拿出了一瓶饮料递给了大姐，就回房间给孩子辅导功课去了。

　　老李让大姐坐下，给她闲聊起来。大姐脸上皱纹多了，头发也慢慢地变白了，时光真是催人老，老李一算，她差不多也快五十了。

"娘让我给你带些红薯……你没……"大姐停住了，盯着老李一会儿，然后又说，"你没出啥事吧？"

"我没事啊！这不好好的吗？"老李感觉到很奇怪，不知道大姐怎么来了这么一句。

"哦，这就好，这就好。"大姐认真地盯着我看了一会儿，然后又说，"听咱将军寺村里的人说，你升官了，是不是更忙了？"

老家里的消息还真灵通，老李笑了一下，淡淡地说："算是吧，不过都闲不住！"

大姐不说话了，一阵寂静。老李怕气氛有些尴尬，就问大姐："家里还好吗？现在做什么生意？孩子都还好吗？"

"家里好着呢。我现在做了个小生意，家里种的有菜，这季节可以卖点番茄，黄瓜，豆角……也赚不了几个钱。老大争气，今年要上大学了；老二不争气，总算晃荡到高中了，可在学校老惹事。我想好了，等老二高中毕业了，就让他到南方打工挣钱去。"

"家里有啥需要帮忙的，大姐，你尽管说！"老李真希望帮大姐一把，可又怕伤了她的心，老李知道大姐从不求人。

大姐笑了，脸上的皱纹舒展开了，她说："没什么事，能有什么事呢？家里有吃有喝，家人都好着呢。"

没坐上一会儿，大姐喊着就要走，媳妇从房间里走出来，非要留大姐吃饭，可大姐却执意要走，她说："回去吧，家里忙得很，离不开人。"

大姐出门了，老李说："东西带回家吧，家里啥也不缺。"媳妇提着黄色的化肥袋塞给大姐，大姐没接，她说："是娘让带给你的。"

老李打开一看，里面有一些沾着露水的青菜，还有半袋子红薯，红瓤的，一个一个簇拥在一起。现在还不到收红薯的季节，娘从哪里弄来的呢？

"大姐，你来这里——有事吗？别不好意思说。"老李越想越不对劲。

"真没啥事。唉！怎么说呢？也算有事吧！"大姐叹了一口气，吞吞吐吐地说，"咱将军寺里的人都说你升官了，说娘有福气，娘高兴不起来，她天天担心你……你有快一年没回家了！娘昨天夜里做了一个梦，梦见你出事了，被抓进了监狱……"

老李静静地听着，一句话也没说。

"这不天一明，娘就让我看看你，你没事就好。娘来的时候说，她不识一个大字，可她感觉'当官不为民做主，不如回家卖红薯'这句话说得在理，她非要我给你带点红薯……唉！你别多想，娘年纪大了，难免有时会犯糊涂，不要相信她的话。再说，梦都是假的，你别往心里去。我回去告诉咱娘，你好着呢，也吃胖了，变白了，她就不会再挂念你了。"

老李的心头一热，眼睛酸痛酸痛的，泪水模糊了我的双眼。我的娘呀！

◀ 一个鸡蛋

　　将军寺沟发大水的那一年，村子里来了个流浪汉，被发现的时候躺在将军寺的破庙里，像一个蜷缩在一团的球，满身的污垢，还有一身的狗臭味，大家都喊他狗蛋。狗蛋四十多岁的样子，等村里人接纳了他，他就天天往村里的寡妇家跑，给寡妇挑水喝，竟然还和寡妇好上了。发大水的第三年，他们生活在了一起，后来还生了个儿子。

　　狗蛋家里穷，什么东西都舍不得吃，有了食物总先让老婆孩子吃，自己到最后再吃一些剩下的食物。不过，狗蛋倒很勤快，村里谁家有红事白事，他经常去帮忙。临走的时候，别人谢他，想借机周济他点东西，他总是说，你这是看不起俺，太拿俺当外人了。村里人都夸寡妇找了个好人家。

　　有一年的夏天，将军寺下了一天一夜的雨，水势很大，很有可能漫过河岸，村长让每姓派一个人去他家商量办法，那一次狗蛋竟然也去了。当时，村长在家准备了丰盛的饭菜，还摆上了好酒，这些都是过年才吃到的食物，大家都夸村长眼光远，今年一定能顺利度过汛期。大家从中午十二点一直喝到下午两点。

突然，村长老婆尖叫了一声，大家跑过去问怎么回事。村长老婆说："刚才还好好的五个鸡蛋，俺正要给你们打鸡蛋汤喝，怎么少了一个呢？"

"不会吧，俺都坐着没动，在这喝酒呢，这绝对没人拿啊！"有人都说。

"狗蛋，你不是刚才去厕所了吗？是不是你拿了？"有人开玩笑地问。

狗蛋低下了头，哆嗦地说："俺去解手不假……可俺没拿鸡蛋，俺真没拿……"

村长老婆笑着说："看把狗蛋吓得，都不会好好说话了，俺就是随便问问。拿了也没事，不就是一个鸡蛋吗？"她沉默了一会儿，想了想说："鸡蛋长翅膀飞走了。"说完，她转身进厨房继续做鸡蛋汤去了。

在主人家做客，东西却无缘无故地丢了，大家心里都感到过意不去，听村长老婆这么一说，大家都想证明自己的清白。有人提议，搜身不就一清二楚了吗？其他人也附和着说这是一个好办法。但是，狗蛋态度非常坚决，冷冷地说，俺不同意。

有人笑了："哈哈，那你承认是你偷的鸡蛋了。"

"俺不是早就跟你说过了吗？俺没拿鸡蛋，你咋随便怀疑人呢？"狗蛋的脸憋得红红的，喘着粗气。

"你看你，狗蛋，俺不是那个意思，大家都同意，可你……"

有人说。

"俺又没犯啥罪？你凭啥啊？"狗蛋裹紧身上的衣服，低着头，推开大家，慌忙走了。

村长最终也没有找到那个长了翅膀的鸡蛋，不过那也无所谓，不就是一个鸡蛋吗？不过，村长那天却说不出的高兴，他把自己珍藏的药酒给大家每人尝了一口，村长喝多了，他一个劲地说："还是老门老户的可靠啊！"

从那一天起，狗蛋成为人们眼中的贼，村里人在背后开始指着他的脊梁骨骂，没出息，偷鸡蛋，大家小心点。有好几次，有人开始向他身上吐吐沫了。村里人一见到他，都像躲瘟疫似的，跑得远远的。

狗蛋的日子也越来越不好过，衣服穿得破破烂烂的，慢慢地很少有人再搭理他了。不出半个月，寡妇不知为何死了，村长没去送葬，村里其他人也都没有去送葬。狗蛋用个破苇席卷了老婆，一个人将老婆背到了将军寺沟旁边，在夜里悄悄地埋了，旁边只有七岁的儿子哭泣着。那个夏天的一大晚上，狗蛋的儿子抓金蝉掉在了河沟里，摔断了一条腿。不过，这些都没有得到村里人的同情，谁让他是小偷呢？

村长的儿子八岁那年，有一天，他告诉爹自己曾偷拿了一个鸡蛋给了狗蛋家的儿子，因为狗蛋家的儿子说娘饿了，想吃鸡蛋。他本以为爹会把他称赞一番，夸奖他懂事会帮助人，可是村长却把他一顿毒打，还说犯了不可饶恕的错误。

村长马上跑出去找狗蛋道歉，快一年不见，狗蛋竟然躺在四面透风的屋子里，明显地瘦了。村长一脸歉意地问狗蛋："那天你也没拿鸡蛋，怎么一个人说走就走了呢？唉，看这几年把你害的……我对不住你！"

"那天俺没偷鸡蛋，不过说实话，俺心里不踏实啊，俺裤兜里装着你家的半块白面馒头啊……"

"馒头？唉，你太客气了，你直接拿就是了……真对不起。"村长继续说。

"不要说对不起，俺还要感谢你呢。老婆死之前就想吃块白面馒头，尝尝鸡蛋的味道，可是，家里什么也没有啊。你看，她都如了愿，她是含着笑走的……"狗蛋抓了抓头上稀稀拉拉的头发，不住地叹气。

"唉，咋是这样呢？……这是俺的一瓶药酒，俺一直带在身上，没事的时候，你喝上两口，对身子有好处，真对不住……"村长说。

"俺早就想尝尝你做的药酒了，闻着就好喝，不过，现在不用了，医生说俺活不过今天了……"狗蛋说着，气息越来越短。

屋子里弥散着一股潮气，狗蛋的儿子"哇哇"地哭了起来，那声音穿过将军寺村的上空，把窗外的斑鸠都吓飞了。

◀ 有梦道未远

我能读懂娘的心思，尽管娘一次次地忍着不说，但从她的表情中我可以看出她有心事。

我想，娘还是不想伤害我的心，她太爱我了，处处都在考虑着我。二十多年来，娘都很支持我上学，辛辛苦苦供我上高中，读大学，受了很多的苦和累，但她连一句牢骚都没有发。

可是，毕业回到家都两个多月了，我总一个人坐在家里，不敢面对现实，更不愿找工作。我时不时地拿起一本书来翻，可心却不知飘向何方。娘总是默默地站在我的身边，时而望着我，时而瞥过我手中的书。我的心很空虚，总感觉有一个巨大的黑洞无形地吞噬着我。我想起了史铁生伟大的母亲，她的母亲曾经是一个人静静地走来，又悄悄地走开，而她们两个又是多么的相似。娘呀！我的娘！

哎！娘总是恨自己未能多爱孩子一点。可怜天下父母心！

一想到娘的失望，我心里更加难受。我开始恨我手中的书，书中的诗情画意又有什么用呢？读书，到底还是不能当饭吃？我陷入了迷茫。

我想起了一周前，夏风骀荡，一个远房的姑妈和老表来我家走亲戚。老表告诉我现在的情况，说在南方开办了一家公司，现有几十个人，买了房，有了车，成了家，洋溢着成功和自豪。我觉得与他聊天很枯燥，但是我能感到我脸上是有笑容的，这个笑容而且是向着他笑，仿佛有肌肉吱吱地在脸上作响。我说不出原因，明明不喜欢这样，却一味地赞扬他本事大呢？

送他们走在村里的小路上，老表的车从村东头穿过村西头，一直走过村前的将军寺桥，车身闪闪发光，映着桥下粼粼波光和邻居们羡慕的目光。我能读到大家的目光里藏着温暖的崇拜。

刚到家娘就说："看你姑妈多幸福，你老表的车真好。"

"哦，哦，那是！"我说。

"你忘了吗？小时候，你姑妈来的时候，一听到你的成绩是班里第一，说要向你学习，孩子，那时候把你作为学习的榜样，我真的很骄傲。在你考上大学那年，你姑妈不知道有多羡慕。这些年来供你上学，娘从来没有感到过累，因为我一看到你读书的样子，我的心就好受些，可是现在……你老表他真的很成功啊。"娘说。

我没说什么，是呀，娘说了这话，我能说什么呢？

我什么也没有说。我认真地读完了四年大学，拿了很多次奖学金，但是找工作时却屡屡受挫。我辛辛苦苦所学的知识现在却没有用处，但社会上需要的是技术，我不怎么懂。干体力活？我想想就可怕，总不能让我的海明威、海子和巴尔扎克去面对这些吧，我理想的诗意人生就这样去浮沉？难道我真的清高？难道我真的固执？难道我真的是不符合时代吗？娘所说的话固然没错，难道我的所作所为有错吗？

晚上，再也无心阅读，近观大地，远吞繁星，而内心之中，总有一种思想跳出来，又有一个想法压下去。我再也不能这样耗下去了，不能老这样让爱我的人伤心失望，我要有所行动。

娘听到我的想法很高兴，联系到在城里做工程的二舅，他让我在工地上锻炼下。最初我有点害羞，一个年轻的大学生去工地推车，别人会怎么看？不过，看到大家都忙碌的样子，哪有人关注我？我弓着腰开始推车。八月底的天气真热，我顶着烈日，不一会儿汗水就在脸上流下来，我眯着眼睛，汗水流到我的嘴里，我感到很咸。一天忙碌下来，全身像泥一样软。

一个大哥有三十多岁，黝黑的皮肤，瘦弱的身体，每一次我都看见他推很多沙子，远远超过他的负荷。我发现他从不埋怨生活，任劳任怨，休息的时候找问他为什么不少推点。

"我要为孩子盖房子，要攒够二十万元。"他平静地说。

"可是现在你一个月还不到三千块钱？"

"会有攒够钱的那一天。孩子才只有十二岁，到结婚我还有十几年呢。自己也没有为孩子积累什么，给他一个健康的身体，给他一个积极的心理，再组建一个温馨的家庭，我也就不敢再奢求什么了。我也没有什么大本事，只有靠自己的一双手和自己的身体了，不过有梦道未远。"他不说话了，用手抹了身上的汗，又弓着身子推着车子走了。

有梦道未远，听到这句话的时候，我感觉他好伟大。那天晚上，我躺在床上，反复思考这句话，仿佛看见前面有一条宽阔的道路。他没有读过多少书，也只不过比我大十来岁，但从生活中读懂了日子的含义，给自己进行了正确的定位，并时刻为梦想奋斗。是啊，只要心中的那个灯塔不灭，脚步永不停止，目标总会有实现的那一天。

那一年我刚大学毕业，已经 24 了，早已经不是羞涩的年龄。从在工地干活的那一刻起，再也没有埋怨过生命的不公，后来我也在田野中进行过测量，也进过公司当职员，也在学校当过教师……但我知道不管做什么职业，我都不会放弃对生活的热爱和人生的追求。我相信，有梦道未远。

西
瓜
熟
了

◄ 位　子

　　班里的座位是按成绩来排的。当过班主任的老师应该都明白，那就是让学生争名次，努力提高学习成绩。也就是说，学生想获得一个好座位，平时要加倍努力学习。这种调座位方法实行后，大部分学生都下了很大功夫，张老师看在眼里，喜在心里，张老师真希望学生能够提高自己的成绩啊！

　　但是这次期中考试与以往不一样，调好座位后，张老师班一个大眼睛女孩来找他，吞吞吐吐地说："老师……我……想换卜座位。"

　　"为什么啊？"张老师最讨厌多事的学生。

　　"我眼睛……有点近视……看不见。"说完她就低下头，再不敢抬头看张老师，她像犯了什么错误。

　　张老师看了看大眼睛，她个子确实不高，再加上近视眼，如果坐在最后一排肯定看不清楚。可张老师转念一想，不能这样随意调动，如果这样的话，学生怎么看张老师呢？有了第一个调座位，肯定会有第二个，一旦开了头，调座位的事就难管。张老师没答应大眼睛，还严肃地把他教育了一通："好好学习，机会都是平等的，争取下次有选择的权利。要努力，你看你的成绩？"张老师停了一下，望着她接着说："唉！太差了！加加劲，下次准能坐前面。月考就要到了，你会成功的。"

大眼睛没有说什么，只是低着头，她肯定心里不好受。张老师发现，她的眼泪在打转，要掉下来，却没有掉下来。张老师最怕学生哭，就对她说："又没有批评你，你哭什么啊？有哭的工夫，还不如多学一会儿呢！"大眼睛最终还是带着泪走了，走到门口的时候还回过头看了张老师一眼。

那时候张老师心里正犯愁呢，说实话，张老师心里哪有闲工夫管这档子事。张老师已经打听到了可靠消息：学校要调动副段长，只有一个职位。据张老师推测，无论从资历，还是从关系都轮不到他，张老师只有下点血本了。当天晚上，张老师敲开校长家的门，把想法说了出来。这时候，张老师才体会到，找人办事有多难。当时如果有地缝，张老师真想钻进去。

那次张老师说了些什么，他都忘记得了，只记得校长在他走的时候说了一句话："小伙子，还是干得不错的嘛！好好努力，以后有的是机会，你还年轻！"张老师想说什么，可什么也没说，只感到脸上火辣辣的。

接下来一段时间，校长也没有给张老师一个明确的答案，张老师心里悬着这样一个答案，上班也无精打采的，想做什么事也提不起来精神。

月考成绩出来后，张老师一看名次，这次大眼睛竟然考到了班级第七名，整整进步了三十名。这段时间真不知道她怎么努力，张老师要好好地表扬她，还是把她调到前面来，张老师真替她高兴。张老师一见到她，就对她说："祝贺你，真不错！"大眼睛没说什么，只是淡淡地一笑，眼睛里没有什么表情，低着头，走了。

要调座位了，令张老师没有想到的是，大眼睛没有选择那个前面的位子，仍然坐在了老位置，最后一排。张老师让她重新挑座位，她还是坚持自己的想法，微笑着坐了下来。

那个微笑一直深深刺痛了张老师。

张老师一直想不明白原因，也没有去问她到底怎么回事，但她那种无所谓的心态突然让张老师一下子明白了好多。副段长定下来了，当然不是张老师，可他一下子释然了。他感觉什么都是无所谓的了，内心有一种思想在涌动：不能把这些残酷的社会法则用在这些无助的孩子身上，她们是花朵啊，正是需要呵护的时候啊！

从那以后，张老师再也没有按成绩调座位。当别人在进行职务争夺时，他从不参与其中。真的，什么位子都无所谓了，他只是默默地做些应该做的事，教书育人。每次遇到类似的事，张老师就会突然间一抬头，就想起了大眼睛的眼神，想起她低下头红着脸的样子……

◀ 爱

      那年，她十一岁，父亲死了，她哭了一整夜，那是她的父亲啊，宠她爱她的父亲啊，没了父亲，今后怎么办？她感觉天都塌了。可是，母亲并没有哭，只是静静地站在父亲的身边，她看见母亲的头发黑黑的，脸上却有了少许的皱纹。母亲的腰直直地站立着，她看到母亲坚强的身影，心坚强起来。

      她十二岁那年，有一天放学回家，刚一进门，就看见一个男人朝她笑。母亲走过来，指着男人说："孩子，快叫爸爸，以后他就是你爸了。"她没有说话，她心里恨这个男人，恨这个不知何处出现的男人。男人不爱说话，属于沉默寡言的那种，不过男人也没有生气，只是一个劲地傻笑。母亲走进她房间劝她的时候，她不再理会母亲，母亲一个人到底还是走了。她望着母亲的背景，突然发现母亲的头发竟然有几缕已经变白了，腰也微微地弯了。她没有说话——她把想说的话埋在心间，她下定决心，要好好上学，逃离这个痛苦的家庭。

十五岁那年，她初中毕业了，中考分数不理想，母亲劝她别上了："反正你也初中毕业了，也可以出去打工挣钱了，再说家里也没钱，这么多借读费，上哪儿弄去啊？"父亲只是一个劲地在旁边吸着旱烟，什么也不说。她哭了整整一夜，嗓子哭哑了，她不可能改变自己的命运了，不可能逃离这个家庭了。可是第二天，母亲却又奇怪地对她说："你去上学吧，这是钱——这都是命啊。"母亲把一把皱巴巴的钱递给了她。她抬起头，母亲的眼中分明写着无奈，脸上的皱纹也明显地增多了，头发成片成片地变白了。她出门的时候，看见沉默的父亲在磨铲子，他准备下地割草了，看得出他很高兴，应该朝她微笑吧，尽管她一句话也没有对他说。她什么也没说，头也不回地去了县城上高中去了。

十八岁那年，她高中毕业。通过高中三年的刻苦努力和发奋读书，她如愿以偿地考入了省城的一所大学。可是，面对数千元的学费，她又陷入了沉思，母亲说："孩子，别上了，你再上学，家里连买盐的钱都没了。"她哭了，哭自己的命运怎么就这么不好，就差这一步就要摆脱痛苦的家了。她一个人离家出走了，两天都没有回来。到了第三天，父亲和母亲在县城的一家网吧里找到了她，父亲竟然打了她的头——这是他一生唯一一次与她的接触，不过他的手还很柔软，父亲答应她上学。回来的路上，父亲在前，母亲紧跟着，她在最后。她发现母亲的腰不知道何时竟然有点驼背了，已经有了一半的白发，脸变得粗糙，一点光泽也没有了。她哭了一路，不知是为自己，还是为母亲，或者为父亲。

二十二岁那年，她大学毕业了，还谈了一场轰轰烈烈的恋爱，找了一个大老板的儿子，决心留在省城。四年大学，她没有回过一次家，家对于她来说，只是一个符号，而且还是一个没有意义的符号。

二十四岁那年，她已经到了谈婚论嫁的地步，她没有告诉父母——她怕母亲告诉父亲，他们两人都要参加婚礼。快要结婚的前一个星期，她接到了母亲的电话，电话里说："你父亲快不行了，他想见你一面。"她本来不想回去，也早忘记了这个父亲——或者压根就没记住，可是母亲既然打来了电话，她于情于理都该回家看一看。

她决心回家看一看，看看她一生最恨的父亲，看一看没有说一句话的父亲。可她还是晚了一步，没能看到父亲的最后一面，回到家时，父亲已经下葬了。母亲看见她进门，没说话，却哭了。

过了好长时间，母亲哽咽道："他走了，走的时候最不放心的就是你，也最想见你，想跟你好好地说一次话。不过，我知道你恨他，恨他走进我们的世界……不过，你父亲还是爱你的，他每次出去都会给你买东西，尽管你连看都不看一眼……他没有要小孩，怕伤着你的心。"

"你初中毕业后，我不想让你上学，是你父亲坚持下来的；高中毕业后我不让你上大学，也是你父亲坚持下来的，还有这是他给你积攒的一些钱，说是给你买嫁妆的……"

什么？她简直不相信自己的耳朵。

一瞬间，她仿佛看到十八岁那年父亲在网吧找到她轻轻地拍打了她的头，又她仿佛回到了十五岁那年看到父亲吸着旱烟，又仿佛看到十二岁那年放学回家父亲一个劲地傻笑的样子……

她再也控制不住自己了，她一直以为自从亲生父亲去世后，没有人会再爱她，她不会体会到爱为何物，可是，爱一直在她的身边，只不过那么多年过去了，她却没有感受到。

她抹了一把眼泪，哭着问母亲："父亲的坟在哪，我要去与他说说话，说说闷在心里十三年的话。"

西瓜熟了

◀ 戒　烟

那年张华上高一，他偷偷地学会了吸烟，而且一吸不可收拾。爹爹老瓦是个地道的农民，本来家里指望这个孩子读书考大学，可是儿子就是不争气，老瓦拿他一点办法也没有。

老瓦来学校找儿子，老师说张华被亲戚接走了。老瓦差点没骂出来，城里就他二舅一个亲戚，是个呼吸道的医生，儿子肯定撒了谎，因为张华没见过二舅几次面，走在路上都不会认清他。他问了班里的学生，一个学生告诉老瓦，张华喜欢打台球，看看是不是去了周围的台球室。老瓦就去台球室找，老远就看见了儿子，头上冒着汗，也顾不上去擦，嘴都笑到脖子后面了。

老瓦进去的时候，张华仍然在尽兴地玩台球，嘴里吐着烟圈，周围有几个染了黄头发的小青年。张华没有料到爹会到台球室，非常惊讶。

"你不给爹让一根烟吗？"老瓦伸出手说。

张华心里不知道爹葫芦里卖的什么药，要在以前，爹肯定要掂着破鞋打他了。张华不解地递给老瓦一根烟，老瓦接过来说："你小子一根烟，就是爹一天的馒头钱啊！"老瓦把手里拎的包放在地上，接过来后，就一根接一根地贪婪地抽，不住地咳嗽，其他人开始用异样的眼光看着他们。

烟没有了，老瓦就说："再来一盒吧，俺还没抽够，来盒好烟，这不过瘾。"张华又拿了一盒二十多元的玉溪，老瓦说："这烟还可以，我去厕所那边吸，你继续玩吧。"老瓦拎起他的那个破包就走了。二十分钟后，老瓦又回来了，对他说，"再来一盒，真他娘的好吸。"

张华摸了摸口袋，他的口袋里快没钱了，好在台球室的老板能赊账，他就硬着头皮给老板商量。过了半天的时间，张华已经借老板一百多元了，心里有点担心怎么还钱，他不好意思地对老瓦说："爹，咱走吧，没钱了。"

"这里有空调，凉快，一会儿再走，再给我拿两盒，我这儿还有几十块，都给你。"老瓦笑着说。

张华又拿了两盒，现在他担心怎么还钱了。老板是当地的地痞，如果不还钱，他要打人呢。可是，张华看见爹还在意犹未尽地吸烟，丝毫没有要停止的意思。爹的身体不好，怎么一下子抽这么多烟？

老板终于来催钱了，一算让张华吓了一大跳，竟欠了二百元。这时，爹吸的也有十来盒烟了，身体也吃不消了，一下子晕倒在地上，张华吓得大哭起来。其他几个同学慌张地把爹送进了医院。

医生说："你怎么让你病人吸了那么多烟，不要命了吗？"

张华低下头，他开始埋怨自己来，其他的几个同学都开始怪张华，说："身体要紧，咋说也不能吸那么多烟啊？以后可要注意！"张华听着，耷拉着头，后悔死了，发誓以后再也不能吸烟。

到了晚上七点多，老瓦慢慢好起来了，他对儿子张华说："俺不碍事，你回去上学吧，记住以后别吸烟了，好好上学啊。"张华认真地点点头："爹，我不吸烟了，以后好好学习"，就重新回到学校。

老瓦望着儿子远去的背影，在病床上坐了起来，招呼着医生走进病房说："他二舅，这次多亏你了。"

"我当时看到你朝我挤眼睛，我就意识到这里面有文章，你咋想出吸烟的苦肉计呢？听他们说你吸了十几盒？"

"都是为了这龟儿子啊，他吸烟逃学啊。其实，我就吸了一盒多，趁去厕所的空又还给台球老板了。吸烟没什么好处，孩子现在明白了，也不枉费咱们这一番良苦用心啊！"

◀ 买 书

　　快下班了，我们开始忙着收拾书店，同事收拾被顾客翻乱的书，我则忙着拖地板，我要赶在五点准时下班。这时，外面来了一个老大娘，一只手拄着断拐杖，一只手端起一个破碗，盯着书店里面看。她有六十多岁的样子，衣服穿得破破烂烂，头发乱糟糟的，满脸的皱纹，豆大的汗珠不住地往下掉。她站在门口，想往书店里面走，却不知为何又停了下来。

　　说实话，这样的人我见得多了，心里也最烦这种好吃懒做的人，这种人不干活，好吃懒做，就想不劳而获，多要几个钱。我赶紧走出门去，热浪瞬间包围了我，都五点了，天气怎么还这么热？我从衣服里掏出一沓钱，一看没零钱，想也没想，就塞给了老大娘五元钱，不耐烦地说："走吧，快走吧。"要在平时，我才不会给她这么多，可今天不一样啊！我要在她进门前支走她，不然的话，她脏兮兮的鞋子一定会把我刚拖净的地板弄脏，又要害我重新干活，耽误我下班。

西
瓜
熟
了

老大娘看了看我，愣了一下，嘴角抽动着，想说什么，可终究没说。她不接钱，看她那架势，还要迈着步子往书店里走。

没有空调就是热，刚在外面站了一会儿，我的身上都开始冒汗了。我当然有点生气了，心想，你想要多少钱？给你十块钱还嫌少吗？我也听说过，这年头乞丐挣钱可不少了，都成了一种职业，难道我见了一个"富裕的乞丐"？说实话，要不是晚上与女朋友约会看电影，我早把老大娘赶走了，我哪有工夫与她在此瞎扯呢？我挥舞着双手，大声地吐着粗气，厉声地说："再给你加五块，赶紧走吧！"

老大娘显然被我吓住了，再也不向前走一步，停在了书店门口，一只迈进书店的脚又退出来，可她的身子却站得直直的，嘴角不住地颤抖着："我不是来讨饭的……我是来……"

"别光说好听的，拿上钱，赶紧走！"我打断她的话。天太热了，我用手擦了擦脸上的汗滴，又看了看表，时间已经过了五点，与女友约会的时间不到半个小时。

老大娘低着头，手紧握着拐杖，像做错了什么事，用乞求的眼光轻轻地说："我来是想——想买书！"

一个乞丐来书店里买书？这可真是件新鲜事！我在书店里工作也有好几年了，这种事可是第一次遇到，我当然不相信！不过，我又重新打量了老大娘一眼，发现她肩上竟背有一个新书包，粉红色的，上面印着喜羊羊与灰太狼的图案。说实话，这种装扮可有点不伦不类！我有点生气了，没好气地说："买书也不行，下班了，你看几点了？现在都五点五分了！明天再来吧！走吧！

西瓜熟了

走！走！没有。"

"你行行好，耽误不了你多少时间。"老大娘用近乎哭的声音说，"我就买一本书！孙女明天就要上小学了，我还要连夜走回家送给她……"

听到老大娘的话，我心里有种说不出的感觉，可不是个味了，酸溜溜的，有点痛，也有点感动。我赶紧把她让到书店里，满怀歉意地说："大娘，你看，我不知道……真不好意思……"

"没事，小伙子。孙女明天要上学了，我给她买了新书包，还要买新书，我要孙女好好读书。做个读书人，将来干净。"老大娘说着，脸上舒展开了笑容。说起她的小孙女，看得出，她满心喜悦。

我脸上火辣辣的，汗水不住地往下流，我的背上都湿了，可我顾不上这些，连忙对她说："快请进，大娘，快请进。"结合老大娘的说法，我帮她认真地挑选了几本少儿识字书，老大娘离开时，很高兴的样子，还一个劲地问我："小伙子，我买的东西，你说，孙女会看上吗？"

老大娘走了，走了好远，都看不见了，我仍然呆立在书店门口，心里湿湿的。

◀ 中奖了

那天晚上逛商场，有人发了张宣传单，说凭借宣传单在一楼拐角处可领精美一份礼物。免费的礼物，不要白不要，我带着妻子和儿子当即决定去领，这是好事。我把宣传单递过去，售货员给我了一个挖耳勺，我苦笑了一下，心想，原来这就是礼物啊！不过，有总比没有强，毕竟是白送的嘛！正要离开，售货员问："先生，今天您运气好，为庆祝公司成立 10 周年，您可以免费抽奖一次。"

"好啊！这是真的吗？"我本来想早点回家，可免费抽奖不抽白不抽，又没有什么坏处，说不定碰上什么好运气呢。

售货员把抽奖箱从柜台下边抱过来，我让儿子抽了一张递过去，售货员打开后叫了起来："你儿子手气真好，恭喜啊，恭喜，是个一等奖。"

哇，一等奖！

"儿子的运气就是好！"我和妻都很高兴，满怀期待地说，"你快看看，一等奖是什么礼物啊？"我很期待。

售货员把倒扣在柜台上的一张纸翻过来："您看，一等奖是一折，可享受我们所有的商品一折。小家伙的手气真好，是个幸运星，今天是第一个呢。"

我们一看商品发现全是玉石，价格可都不便宜，从几千到几万元不等，最贵有十多万元。我们傻了眼，心想，这么贵。那上面的价格有点太离谱了。

"您可买一个金镶玉，一折，很划算的。快中秋了，给爱人买一个吧，她这么年轻漂亮，戴上去肯定会更漂亮的！"售货员的嘴很甜，我望着妻子，也不好拒绝。

说实话，我早就想给妻子买一个礼物，又赶上一折，买就买。我对妻子说："买！买一个！"可妻子嫌贵，有点犹豫，我想坚持，她摇摇头说："不用了。"

我的心放了下来。

"先选一个试试吧，买不买没关系。要不您试试这个平安符？保平安的。"售货员接着说。

我赶紧说："好，就这个。"这一个是最便宜的，上面标价3980元。

"你戴着真漂亮，多有气质。"售货员对妻子说，然后又对我说："先生，您一折花不了多少钱，几千块钱的东西，也就几百块钱的事。再说，这是纯玉的，和田玉，有收藏价值，这是鉴定证书。"她拿起一张鉴定证书让我们看，我和妻子仍然犹豫着。

"买一个吧，非常划算啊！398元，你省了不少呢。另外，银链子可以随时换，什么时候来，所有款式的银链无条件换。"售货员又增加了新诱惑。"我们又走不了，您想，这样的大商场，不是说搬走就搬走的。"

妻子显然心动了，她望了望，像征得我的同意。她把银链子反复地拿在手上，一遍遍抚摸，最后她问："这个是真的吗？"

"那当然了，绝对真的，假一赔十，还绝对划算！我给您包起来吧！"售货员麻利拿出了红色的礼盒，准备包起来。

都到这个份上了，我别无选择了！我对妻子说："要了吧。"我然后付了钱。售货员微笑着说："欢迎下次光临！"

回来的路上，妻子开始埋怨我乱花钱，她感觉这么小的一个平安符不值那么多钱。

又过了一段时间，我们又到那家商场闲逛，一阵熟悉的声音传来："你手气真好，一等奖啊，您是今天唯一的一个啊！赶紧挑一挑吧！"

我和妻相视一对，无可奈何地笑了。

◀ 这才像一个家

一个夏天的晚上，天气异常闷热，我们一家人懒得外出，好在家里有空调，一家人躲在房间里，但各自忙自己的事：我在书房看书，母亲看电视，妻子和儿子低着头玩手机。突然，不知什么原因，停电了。

停电了，屋子里一下子变得黑漆漆的，我终于体会到伸手不见五指是什么意思了。这还不要紧，更严重的是，屋里的温度慢慢地升起来，热得实在难受。妻子叹了一声气："咦，咋停电了呢？"家里也没有蜡烛等照明用的东西，没办法，我们只好出去走走了。

一出家门，外面竟然还有微风呢，吹在身上非常凉快。邻居也从屋子里走出来，年老的拉着小孩子，夫妻们肩并肩走着，男女老少汇成了人流涌到了马路上，马路上不时有车灯照成长长的灯柱，冲淡了夜色。大家随着人群往外走，说着笑着，仿佛有什么开心的事讲个不停。

我听见三楼的张大伯对四楼的李叔叔说："你啥时候回家的？听说你去海边旅游了。"

　　"是啊，昨天上午刚回来。对了，你儿子怎么没跟你一起出来逛？"李叔叔说。

　　"周一就走了，上大学去了。"张大伯笑着说。

　　大家闲聊着向前走，他们好像生活在一处，又好像生活在别处。天空中竟然还有零星，一闪一闪的。儿子说："妈妈，星星，您看，快看——。"儿子不想让我们错过，我抬头往天空看了看，问儿子有多少颗星星。儿子认真地数起来："一颗，两颗，三颗——好多颗星星呢。爸爸，天上的眼睛那么多啊！"直到今天夜里，我才知道夜还是有眼睛的。

　　离我们家不远处有一条湖，夜里湖水未眠，一直在哗哗地诉说着什么，微风吹起，波光粼粼。我们好久没到湖边来玩了，尽管离家很近，却很少到这里来玩。这时，虽然没有灯光，可零星泛在湖里，有种水天一色的感觉。儿子说："妈妈，湖水也有眼睛，怎么和天上一样啊？"儿子诗性的语言让我想了很多。

　　回来的时候，天有点凉了，外面的行人也越来越少，儿子睡着了。我把衣服给了母亲，妻子抱起了儿子。这时，我听见母亲说："没电真好。"

　　我说："妈，怎么这么说呢？"

　　"没电了，大家能出来一起走走，这才像一个家。"母亲说。

　　听了母亲的话，我的心里充满了愧疚感觉，是应该多陪陪家人，平时我都忙什么呢？急匆匆地上班，天天忙不完的事，回家

西
瓜
熟
了

都是深夜……真要感谢这次停电，我们一家人不再守着电视和电脑打发无聊的时间，不再通过手机上网瞎聊天。我在心里也给自己立个规矩：不管以后有多忙，都要多陪陪家人，陪他们走走，陪他们聊聊，这才像一个家。

是呀，这才像一个家！

西
瓜
熟
了

◀ 护林员

    顺着蜿蜒的山路不知走了好久，我脚上都磨出了一个血泡，终于找到了那位六十多岁的老大爷，他正在那里收拾一些枯树枝。树林中，他显得很端详，他手里抱着杂七杂八的树叶，弯着腰，腰像一把弓箭，但是很有力气。

    "大爷，您忙着哪？"我走过去打招呼。

    "嗯，小伙子，有事啊？是不是迷路了啊？"大爷显得很热情，向我在笑。

    "哦，不是……不过，我还真有点事……你是这里的护林员吗？"我望着大爷的一条腿，走路起来不方便。

    "是啊，有事的话，别客气。"大爷一边跛着脚收拾着树枝，一边微笑着爽快地对我说。

    "嗯，谢谢您，您这是要去哪啊？"

    "我要到后山看看小树苗，有一批害虫挺严重的。"

    "这么远，您就这么走过去吗？您的腿也不方便啊……"我望着他说。

"看你说的，小伙子，我像你那么大时跑得可快了。有一次抓歹徒，我一口气追上了他，却被砍伤了一条腿。可是，这一条腿也是腿，只要不停止，我也能走到后山去，你看看，将军寺方圆几十里的山，我天天都要走走——三十六年零三个月七天了。"

"大爷，您是这个。"我向他竖起了大拇指。

"哪有你说得那么伟大。小伙子，这事你来做，也会做好的，这可是国家的财产啊！虽然我是义务看护，但我要对得起自己的良心。"大爷一字一句地说。

我接着说："大爷，有个事麻烦你，你看你生活也不好，这是一点小意思。"我递给早已准备好的红包，里面有一千元钱。"我想砍几根红松，想做张桌子。我晚上来砍，不会有人发现的。"

大爷看了看，没接，摇摇头，严肃地说："小伙子，这钱还真不少，可以改善我几个月的伙食，但我不能要。国家把树交给我了，我怎么昧自己的良心呢？上个月来过一个大老板，要砍树做床，还塞给我五千元，我没要。钱是好东西，叫我不能这么挣。"大爷不理我，扭头走了。

我赶忙追上去说："大爷，也没人知道，就这一次。再说，森林里这么多树，少一棵树不会有人发现的……"

"小伙子，怎么没人知道呢？天知、地知、你知、我知、树知，都在看着呢。做人要对得起自己的良心。"大爷加快脚步，一瘸一瘸地向前走。

"大爷，您别走啊，咱再商量商量。"我忙喊道，准备再向

西瓜熟了

195

前追去，我的手机响了。

电话是我林业局的一个朋友打来的，他有点不好意思地说："大记者，张大爷拒不接受采访，他想清静一下，他说三十多年看守树林也没啥。"

"谢谢你了，老朋友。不过，我已经采访过他了。"我挂了电话，望着大爷一瘸一拐的背影，赶紧拿出照相机拍了一张照片。明天的通讯报道上将出现一个护林员的身影，我希望大家都能记住他，更好地保护好我们的树木，这可是重要的国家财产。

西瓜熟了

◀ 戏如人生

离看戏的日子越来越近了，小张的心也越来越紧张了。

怎么说呢，小张心里紧张的原因都是因为那十张该死的戏票。小张在县文化馆工作，给领导写材料，工作踏实勤快，按理说，弄几张票也不是啥问题。这次演出本来在露天小广场举行，不要票随便看，小张提前就给父亲说了。父亲是个戏迷，又给票友说了一起去听戏，他还吹嘘了两句："孩子在那里工作，在哪里举行都会有咱们的座位啊！"他这 许诺，也就是一个诺言，接下来就要实施。

可谁想到唱戏的地点变了。由于公益演出人很多，考虑到安全问题，领导决定改在人民礼堂举行，而且还要凭票观赏。小张有点沮丧，自己不是领导，上哪里弄票呢？十个人啊！十张票啊！

小张硬着头皮去找领导要票："几个朋友想过来听戏，想要……"领导一听，就摇头道："小张，现在一张票也没有了，早发完了。你怎么不早说？记住，小张，有事提前给我说，说啥我也会给你留几张啊！"

这几句简单的话就把老张打发了。不过小张也想明白了，他只不过是领导手下一名普通的秘书。他有点埋怨父亲来，父亲不应该夸下海口啊？怎么也不提前说一声啊？

小张没有搞到票，没好意思给父亲说。父亲这几天好像也生气了，每天晚上回来得很晚，而且一回来就回屋睡觉，也不搭理他。看到父亲这样，小张有点恨自己抠门，父亲都一大把年纪了，这一生还能看几回戏？他决定花钱给父亲买十张票，也不能让父亲丢面子，让他老人家高兴高兴。他咬咬牙，花了半个月的工资从票贩子手中买了十张高价票。

第二天就是举行的时间了，这天晚上，小张握着十张票兴冲冲地等着父亲。父亲回来仍然很晚，差不多十点才到家。

小张跷着二郎腿，举了举手中的票，兴奋地喊道："爸，有票了，十张！"

父亲也很高兴："不用了，孩子。忘了告诉你，明天我们几个要去参加你们单位举办的演出呢，你们领导邀请我们去的，去演出一个话剧《一票难求》，这样你也不用为难了。这几天我们一直在排练呢，都累坏了。对了，孩子，我先睡了，明天还要早起呢！"

"哦，哦。"小张不知道怎么接话了。

父亲的房门轻轻地关上了，小张却感到脸上一阵滚烫。